信言不美，美言不信。

善者不辩，辩者不善。

知者不博，博者不知。

圣人不积，既以为人，己愈有；

既以与人，己愈多。

天之道，利而不害；

圣人之道，为而不争。

——《道德经》第八十一章

FANRENWUDAO

凡人悟道

王力 著

西北大学出版社
·西安·

图书在版编目(CIP)数据

凡人悟道 / 王力著. —西安:西北大学出版社,
2024.5

ISBN 978-7-5604-5395-8

Ⅰ.①凡… Ⅱ.①王… Ⅲ.①随笔—作品集—中国—当代 Ⅳ.① I267.1

中国国家版本馆 CIP 数据核字(2024)第 103933 号

凡人悟道
FANRENWUDAO

王 力 著

西北大学出版社出版发行

(西北大学校内 邮编:710069 电话:029-88302590)

http://nwupress.nwu.edu.cn E-mail:xdpress@nwu.edu.cn

全国新华书店经销 西安奇良海德印刷有限公司印刷

开本:787 毫米×1092 毫米 1/16 印张:12.75

2024 年 5 月第 1 版 2024 年 5 月第 1 次印刷

字数:121 千字

ISBN 978-7-5604-5395-8 定价:56.00 元

如有印装质量问题,请与本社联系调换,电话 029-88302966。

王力简介

王力，1964年4月生，陕西周至人。中共党员，大学学历、高级政工师。中国工会十七大代表，中国铁路工会十五大代表，陕西省总工会第十四届委员会常务委员会委员。

1987年7月参加工作。先后担任原中铁一局一公司工会主席，党委书记、副董事长，中铁一局副总经济师、沪杭客专项目部党工委书记、项目经理，中铁一局工会主席、副总经理。现为陕西省劳模工匠协会副会长。荣获全国五一劳动奖章、中华全国铁路总工会火车头奖章以及中华全国铁路总工会优秀工作者、陕西省思想政治工作先进个人、上海铁路局优秀项目经理、中铁一局优秀管理者等称号。担任中铁一局工会主席期间，中铁一局工会被中共中央、国务院授予"全国脱贫攻坚先进集体"荣誉称号，本人荣获柞水县金米村"荣誉村民"。

序一

读懂王力

王西京

这几年无意中走进中铁一局，却有一种"魂兮归来"的心灵感应，一种似曾相识的人文情结。这个有着"天下第一局"之誉的央企老大，从中华人民共和国成立到改革开放，一路金戈铁马，披荆斩棘，可谓走过了它卓尔不凡的光荣与辉煌之路。

当历史进入21世纪20年代，中铁一局这支铁军，在新长征的道路上留下了一道道闪光的足迹。需要指出的是中铁一局有别于众多企业的可贵之处，就是尊重知识，崇尚文化，汇聚企业精神力量，又开疆拓土、砥砺前行，不断拓展企业发展空间，取得了一个又一个骄人的业绩，也赢得了社会广泛的尊重。

人文历史是有关人的历史，人文科学是研究人的科学，而企业文化、企业精神乃至民族精神也都是有关人的文化和人的精神。

近日我认真浏览了中铁一局内部编印的有关企业楷模王力工作历程的册子《见证初心——赤子之心谱华章》，感慨颇多，我想，对一个人的解析无疑是探寻一个企业的精神之源的最好方法。关于王力，我作为中铁一局的荣誉职工，有许多话想与大家分享。

初识王力是在一次朋友聚会上，从他粗犷豪放的性格、高大的身躯、洪亮的嗓门、过人的酒量，一看他就是那种有血性、有能力，拿得起、放得下，女人靠着会踏实的典型的关中汉子。之后，又陆陆续续听说了这位曾在攻坚郑西客专，决战沪杭高铁，坐镇指挥郑阜铁路、西安站改、太华路立交等诸多重点会战中，横刀立马，亮剑夺关，立下诸多战功的中铁虎将的事迹。因组织另有重托，又华丽转身，主政企业工会工作。他不辱使命，不负重托，又以送清凉、送安全、送欢乐、情暖职工、健康关爱、全民阅读、金秋助学、选送典型、职工维权、职工救助、开展劳动竞赛等不凡的创新业绩，赢得了广大职工的一致好评。

2018年以来，在中铁一局贯彻落实中央"脱贫攻坚"的战略部署下，他再次戎马上阵，奔赴商洛山区，决胜小岭镇，以精准扶贫，以智能联栋大棚的科学方法，以"一村一品一主体"和"生产、包装、销售"三大项目的产业布局，成就了"小木耳、大产业"，成就了金米村的山乡巨变，并受到了习总书记的肯定，也让他一举摘下了"全国五一劳动奖章"的至高荣誉。

2022年2月22日，王力被金米村授予"荣誉村民"的称号。至此，他的事业走到了巅峰。这位农民的儿子在完成了他的职业使命之后，又回到了他久别了的乡亲们中间。

也许是出于职业习惯，我认知一个人常常愿意从他的生活细微之处体察、体悟，探究其不同的、内在的个性差异与人性特点。其实让我真正认识王力是在我们相识的一年之后，这一年我们经历的事情太多太多，赴杭州、上新疆、下云南、登黄山。一路走来，无论是拓展业务，还是看望基层干部职工，无论是论道古今，还是话家常、谈私谊，我们都能随意而坦然。

王力是个生性率真的人，直言快语，爱憎分明。他从不在私下议论他人的是非，偶尔谈到一些同事和下属，他总能说出此人的一大堆优点。他善于发现别人的长处，也处处都在维护班子的团结和中铁一局的对外形象。王力还是个不忘根本的人，他骨子里有着一种最纯朴、最真挚的饮水思源的感恩情结。在诸多场合，经常能听到他讲中铁一局及原中铁一局一公司多位老领导对他的关怀和帮助、对他的指导和抬爱，他与他们一直保持着密切联系。这是很难能可贵的！于细微处见真情，还有一件事令他念念不忘！那是2012年夏天，同事王永江得知中国中铁股份有限公司当年公开竞聘选拔二级企业后备干部，眼看报名时间就截止了，王力竟然对此事还不知情，他就积极动员王力报名参加。这场考试改变了王力职业生涯的进程。这关键时刻的提醒和鼓励，王力一直记在心里，挂在嘴边，逢人便说！

还要提到的是王力对父母的孝道。他出生于周至的一个普通农民家庭。周至民风淳朴，在这个有着厚重的中国传统文化，并萌生道家思想的地域，尊礼与孝悌是一种根深蒂固的地缘文明。在这种文明土壤的浸润下，王力从小就养成了尊老、爱家、给父母行大礼的良好作风。时至今日，在礼仪观念日渐淡薄的当下，曾在央企担任干部职务的王力，在父母寿辰及重要传统节日的时候，仍会给父母行跪拜之礼。

在中国传统文化中，男儿膝下有黄金，但在两种情境下，是一定要屈膝的，即一拜天地，二拜高堂。这是因为天地即阳光、雨露、大地，给人以生存的自然环境，而父母则是有生养之恩的内在环境。跪拜天地与高堂表明父母与天地有着同等的尊严，这也是中国道德文化的核心。

当然，王力对父母的孝也不只是流于礼仪，还体现在生活的各个细节里。他在外工作再忙，回家第一件事就是看望双亲，从生活上对他们关心备至。父亲病重时他日夜守护在病榻前精心照料，父亲离世时他重孝加身为其守灵，他每每提及父亲都会潸然泪下。即使岳母离世，他也是跪在堂前痛哭失声。

2022年4月在我母亲的灵堂前，王力在劝我节哀之时自己早已泪湿双眼，一个七尺男儿的侠骨柔肠溢于言表。在当今年月，这种情怀已极为少见。人们常说，看一个人的本真只需要看他对自己父母怎么样。这句话不无道理。一个对父母都不敬不爱的人，怎么可能对他人用真情，这是不争的事实。

20世纪80年代改革开放初期，我曾创作过一幅表现在戊戌变法中壮烈牺牲的六位志士的作品《远去的足音》。这段历史人们都很清楚，其实维新运动的失败，六位君子被慈禧残杀在菜市口，其真正的意义在于他们的义举和牺牲唤醒了一代知识分子，启蒙了后来的辛亥革命。

我发现王力对这幅作品非常动情,在很多次聚会中他都提到这幅画,感慨之情溢于言表,而且他能完整地诵读画中的题跋——"诸君以身许国血溅改革之业,激励天下,促民族之觉醒,气贯中华,英魂不逝,诚可歌可泣也。时值改革之年,调丹青祭六君,与志同者共铭"。

王力这一情感共鸣可谓画遇知音,让我回想起当年创作这幅作品的日日夜夜。当我读完这段清史,走出画室,漫步在关中的原野上,在呼啸的夜风中,在一座座气势恢宏的帝王陵阙下,一种历史的苍凉、历史的悲壮、历史的力量,一种历史过去的灿烂与荣耀,强烈地震撼着我,我思绪万千,夜不能寐。接下来的六个月,我伏案闭室,一气完成了这幅巨制。我相信这是一种忧患意识与民族自信力的召唤。

诚然,王力骨子里那种"为天地立心、为生民立命"的家国情怀及英雄情结也是与生俱来的,更是他成就事业的原动力。

我们这个民族千百年来,历万劫而不覆,显现了她顽强不屈、坚韧不拔的生命力与精神。而这种精神的铸就更源于无数优秀的中华儿女前赴后继,为之奋斗、为之献身的浩然之气。

日前,王力让我为他的儿子书写"男儿当自强"的励志格言。

据此,我们可以清晰地看到这位在优秀的中华传统文化的陶冶下,在良好家风与民风的浸染下,伴随着共和国60年的风风雨雨,见证了民族复兴的艰难历程,在党的教育培养下,在铁路战线的浴火中锻造出来的企业赤子，他的思想、品节、情怀、业绩无不是源于我们这个企业、我们这个民族最可宝贵的人文资源与精神财富。

平凡之中见精神。王力的成长历程无疑给了我们许多有益的启示。王力精神不只属于中铁，更属于我们这个民族。

2022年9月19日

王西京，1946年8月生于陕西西安，国家一级美术师。现任中国美术家协会中国画艺委会委员、中国画学会副会长、陕西省文联副主席、陕西省政协文化文史和学习委员会副主任、陕西省美术家协会名誉主席、陕西省中国画学会会长、西安建筑科技大学艺术学院名誉院长。曾任第十二届全国政协委员，第九届、第十届全国人大代表。被国务院授予"国家级有突出贡献专家"称号。

序二

人生多悟道

阿 莹

在我的印象里，中铁一局的王力是一个五大三粗、风风火火的汉子，不管何时何地见面都是高喉咙大嗓门，直震得人耳膜嗡嗡响，周边人常被他的气势所感染。这样性格的人必然会把工作搞得风生水起。2021年，王力几乎毫无悬念地斩获了"全国五一劳动奖章"。大家可别小看这个荣誉，因任职工会主席而获此殊荣的，在全省屈指可数矣！所以，这样一个人能创造出这样耀眼的业绩，我是丝毫不会怀疑的。然而有一天，他居然给我送来了一本厚厚的书稿。

啧啧，这般人士也敢将随笔汇编成集？我心里有些惊诧，便饶有兴趣地翻阅起来。没想到第一篇文章便让我略略吃惊，这是一篇关于于丹论庄子的著作的读书心得，可我没记住他读书的心得，反而记住了他说自己读书时间有限，大部分集中在夜晚，工作上遇到什么烦心事就拿出书来读，也只有在读书的过程中，什么烦恼都忘了。这不也是我自己的状态吗？一个爱读书的人，必然会对生活和工作总结出感悟的。于是，我细细地看下去，没想到此人不但平日里有思考，还挺笔下生花呢。

在生活中发现哲理，是王力的一大特点。作者非常热爱生活，喜欢从司空见惯的事情上提炼出自己的感悟，进而推到哲理的高度。你看他开车去陪父亲看病，途中差点被斜插过来的一辆车撞到，气得他直想发火，可当他得知对方是自己亲弟弟时，本想发火的他陡然间气消了。他由此悟到：表面上看，造成自己愤怒的是斜插进来的"那个人"和"那辆车"，但是当他发现对方是自己亲弟弟时，自己的感觉就变了，变得可以容忍了，由此可见人们对待事物会因亲疏而发生变化。那篇《从把开水放凉想到的》煞是有趣。他从人们每天都会遇到的平常事上发现，要将开水放凉，方法有三个：一是要釜底抽薪，去掉热源；二是要把热水放在自然环境中自然冷却；三是要主动作为，不断搅动，加速散热。由此总结："凡事切不可急于求成，火中取栗，只有精进不息，才能收到事半功倍的效果。"那篇《奢侈品》更是值得细细咀嚼，他注意到人们习惯将奢侈品的特点概括为能够用钱买到的稀缺的消费品，他却反其意而用之，认为用钱买不到的才是奢侈品，对年迈的母亲而言最好的奢侈品是健康。进而提道：生命没有第二次，人生没有彩排，每一刻都是直播，珍惜眼前一切，迎接朝霞，沐浴阳光，一呼一吸，欣赏花开花落……拥有这些奢侈品，过好每一天。他直接将奢侈品的含义提高到精神层面了。

在工作中感悟哲理，是王力的又一个特点。许多人对工作都有独到的见解，而王力独辟蹊径，使人深受启发。那篇《由锻造高质量钢筋混凝土想到的》，就从一个纯粹的技术问题入手，想到团队成员间必须优势互补、刚柔相济、各司其职，才能无缝对接，增强各个管理主体的内生动力，此乃企业管理的制胜法宝也。而那篇《"讲究"与"将就"》是从两个词的字面之义分析入手，将其提升到一个人对工作的敬业程度，对生活的热爱程度，反映出他对人生的态度。我想一般的国人是喜欢将就的，记得出访美国时，几次遇到老外笑称我们"马马虎虎"，这大概是与中国人打交道留下的印象。其实我们办事也是讲究的，君不见那上天的飞船、入海的航母、奔驰的高铁，以及那高耸云端的建筑，哪个不是精益求精的杰作？作者指出：讲究的人，与人相处，知书达理，分寸有度，一朝遇知音，终身成挚友。这是多么富有深度的概括啊！那篇《新时代企业工会"吹拉弹唱"工作新内涵》则说，"吹"要吹响时代号角，"拉"要拉近职工感情，"弹"要弹好创新乐章，"唱"要唱响工会品牌。其人正是有了这种认识，在单位的工会工作，在全省在全国，便始终是出类拔萃的。一位工会干部的心胸和形象也就跃然纸上了。

始终以善良之心对待事物，是王力生活充实的底蕴，也是充盈在其文章中的最有力量的内容。我在文中看到他陪父亲去看病，照料行动不便的母亲，给大学毕业的儿子写寄语，还敢于向儿子承认发火的悔意。从小事上也体现出了他的善良。你看他去庙会闲逛，看到一个摊位卖木器，想给妈妈买一根拐杖和一个木制品。卖家说一根拐杖30元，一个木制品15元，他不假思索给了70元，回到家才想起把账算错了。而那个摊位离家只有400多米，他完全可以去把钱讨回来。但他却想，卖家好不容易多挣了20多块钱，自己去讨要会坏了人家情绪。我们由此见到，一个柔情似水的汉子缓缓走来。

我欣赏王力还因为他是一个懂得感恩的人。他知恩图报，大大小小的往事都记在心里、念叨在嘴上，感激之情溢于言表。那篇《咀嚼困境》让我特别感动。当年上小学的王力和两个同学进山迷了路，饥肠辘辘，多亏遇到了一位拾柴的大妈，把他们带到家，把留给儿子的搅团分给他们吃了，又将他们送出了山。后来他常常想起那位大妈，多次想上门致谢，却始终没有找到人，只好写文章来了却感激之情，足以见其内心世界的敞亮。是的，一个懂得感恩的人才是一个品德高尚的人，一个懂得感恩的人才会内心充盈幸福，才会在人生的路上走得顺顺当当。

我想，展示在面前的这部书稿，尽管尚有值得商榷之处，但这可说是王力生活和工作的记录，还有他的心路历程，里边是藏有大智慧的，值得人们去阅读。

          2023年9月5日匆匆于新城

阿莹，陕西铜川人，第五届陕西省作家协会副主席。1979年开始发表文学作品。1989年出版短篇小说集《惶惑》。先后出版散文集《绿地》《大秦之道》《饺子啊饺子》《旅途慌忙》，艺术评论集《长安笔墨》,歌剧剧本《大明宫赋》,实景剧剧本《出师表》,等等。散文《俄罗斯日记》获冰心散文奖。担任编剧的作品多次获奖,其中歌剧《米脂婆姨绥德汉》获国家文华大奖特别奖、优秀编剧奖和第二十届曹禺戏剧文学奖;话剧《红箭 红箭》获第三十一届田汉戏剧奖一等奖;秦腔剧《李白长安行》获陕西省文华大奖。

目录

生活感悟

读书时什么烦恼都忘了 / 3

选好应对之策的关键是把握应对之机 / 5

与时俱进也要讲究时机 / 6

"讲究"与"将就" / 8

岁月静好 / 10

疫情感悟 / 12

原来是兄弟 / 14

人生最好的状态是释怀 / 17

生活中慎用反问句 / 19

"能说话"与"会说话" / 22

工作感悟

"有效成洞"=绩效 / 27

在状态 有激情 / 30

给坚持一个理由　　/ 33

新时代企业工会"吹拉弹唱"工作新内涵　　/ 36

由锻造高质量钢筋混凝土想到的　　/ 43

挂职锻炼感悟　　/ 45

告别"一局娘家人群"感言　　/ 48

"外面不圆转不动，里面不方带不动"　　/ 51

豆芽和庄稼　　/ 53

"把根留住"　　/ 55

"用心"不必"费心"　　/ 57

"挖坑"的启示　　/ 62

格物感悟

学会比较　　/ 67

度，就是恰到好处　　/ 71

从把开水放凉想到的　　/ 74

奢侈品　　/ 77

比较之幸福　　/ 79

咀嚼困境　　/ 80

努力做个开悟的人　　/ 82

对别人的话不一定要太在意　/ 84

由梯子想到的　/ 87

赠人玫瑰何须留香　/ 90

负面情绪是最重的行囊　/ 92

从能读书到会读书　/ 96

做就做到位　/ 100

方法大于结果　/ 102

"100－1＝0"　/ 105

水滴石穿的启示　/ 108

由开车想到的　/ 111

"难得糊涂"之拙见　/ 113

恐惧往往来自已知　/ 116

努力做一个厚道的人　/ 118

书信言道

致武警陕西总队医院医护人员的感谢信　/ 125

爸爸的寄语　/ 127

写给儿子东东　/ 131

致深圳航空有限责任公司的一封信　/ 134

附 录

中铁一局成为"劳模摇篮"　　刘丽华　牛荣健　/ 139

精心培育　让企业文化在项目扎根　　李兴中　/ 143

营造氛围　　柯满堂　/ 157

探亲日记　　石文英　/ 160

信念的伟力　　李兴中　/ 165

后　记　/ 177

生活感悟

读书时什么烦恼都忘了

刚好处在读《庄子》的年龄。于丹的这部力作自然是我现有藏书中比较钟爱的一本,我至少读过三遍,并且每次都做有眉批。

案头一直放着一本《于丹〈庄子〉心得》。因为工作原因,我读书的时间非常有限,大部分集中在夜晚。工作上遇到什么烦心事时就拿出几册书来读,也只有在读书的过程中什么烦恼就都忘了。

中国传统文化讲究的是悟性。其实在人生的每一个时期都有一种特定的文化背景,又因为每个人的悟性有所不同,所以就形成不同的气质和禀赋。台湾大学的一位教授曾经这样说过:"年轻时适合读儒家,梳理人之间的关系。三四十岁时便会对道家有体悟,人到中年事业上有成败得失,跟人相处有愉快也有不愉快,庄子劝人看开。五十岁后读《易经》,让人知道大的环境、趋势怎么走,你个人的位置在什么地方,你怎么去配合大的环境。"

如果照这么讲,我刚好处在读《庄子》的年龄。于丹的这部力作自然是我现有藏书中比较钟爱的一本,我至少读过三遍,并且每次都做有眉批。"从细微处要看出大境界",这是于丹对人生的感悟。在我看来,人到中年以后,工作和生活是没有办法严格区分开来的。尤其是在我们中铁一局这样的铁路建设单位,往往是生活即工作,工作即生活。如果对生活多关注一些,那么我们就是在享受生活,而不会为生活所累,生活中的种种琐事就很可能突然灵光显现,使你有所启发,有所感悟。

选好应对之策的关键是把握应对之机

对于一切事情，尤其是突如其来的事情，选好应对之策的关键在于把握应对之机，在第一时间做出科学合理的判断和决策。

有很多时候，人们面对突发事件总在抱怨，说自己反应速度太慢以致错失了良机。其实，对于一切事情，尤其是突如其来的事情，选好应对之策的关键在于把握应对之机，在第一时间做出科学合理的判断和决策。比如球类运动，各有各的玩法，如果无视规则，只凭自己下意识的反应，那常常会出现篮球来了用脚踢、足球来了用手接的尴尬场面。所以很多明白这个道理的人，尤其是决策者，兵来将挡，水来土掩，他们在遇到问题时往往一副沉着冷静、胸有成竹、指挥若定的样子，而不是不加思考和分析就盲目出击。

与时俱进也要讲究时机

幼蚕选择在桑树吐芽的时候破卵而出,这是大自然发展规律的一个外在显现。所不同的是,我们所说的把握时机,不是一味地等待,而是在尊重客观规律的前提下,不断发挥我们自己的主观能动性,为发展创造必须的条件。

儿子喜欢养蚕,作为父亲,我非常支持他,小孩对事物的好奇心应该尽量满足。只不过采集桑叶的任务落在我身上,总使人有些头疼。蚕卵在有暖气的房间,早于时令破茧而出,但时间还不到阳春三月,西安地区的桑树还没有绽出新叶。看着蚕卵变成小虫子,儿子甭提多高兴了。可小生命出生了,它们的食物在哪儿呢?

事物的发展以及我们对事物认识的发展,都要遵循一定的客观规律,把握一定的时机。比如,幼蚕如果出生得过早,那时它们生存所必需的食物还没有出现,那么它们就很有可能因为没有吃的而饿死。对时机的把握、对规律的遵循一定要从实际出发,做到恰到好处。小到一个企业,大到一个国家,每一项制度的建立和每一个举措的出台,都要考虑到恰当的时机。企业的改革为什么要分步骤、分层次展开,就是要充分考虑员工对改革所具有的承受能力。其实,幼蚕选择在桑树吐芽的时候破卵而出,这是大自然发展规律的一个外在显现。所不同的是,我们所说的把握时机,不是一味地等待,而是在尊重客观规律的前提下,不断发挥我们自己的主观能动性,为发展创造必须的条件。"只为成功找对策,不为失败找理由","机会总留给那些有准备的头脑",说的就是这个意思。

"大道无言"。生活就是这样多姿多彩,始终像一面镜子,用形象的图案向人们揭示出蕴含其中的深邃道理,让喜欢思索的人回味无穷,受用不尽。

原载《铁路建设报》2007年6月6日第4版

"讲究"与"将就"

讲究的人，具有满满的正能量，出手必须出彩，完成必须完美；惊艳了时光，温暖了岁月，给人以积极向上的榜样力量。将就的人，只为失败找理由，不为成功找对策。

"讲究"与"将就"，虽读音相近，表达的意思及给人的印象却天差地别、大相径庭。讲究，力求精致完美，体现出的是一种精益求精、向上向善的人生哲学；将就，因陋就简，勉强适应凑合，反映出的是一种遇事消极应付的处事心态。

说到底，讲究与将就，因小见大，既反映一个人对工作的敬业程度、对生活的热爱程度，又反映出对人生的态度。讲究的人，把完美当作追求，往往惜时如金，对每件事都会尽其所能，高标准、严要求，做到尽善尽美，拼搏到无能为力，努力到感动自己。将就的人，既怕麻烦，更怕担责，做任何事敷衍塞责，心不在焉，得过且过，缺少持之以恒、水滴石穿的韧劲和久久为功、接续奋斗的情怀。

讲究的人，与人相处，知书达礼，分寸有度。一朝遇知音，终身成挚友！因为讲究源自内心的坚守,讲究的人更值得信赖。将就的人,与人来往,不拘礼节；随性而为,江湖义气；事不关己,高高挂起；狐朋狗友,聚散无常。

讲究的人,具有满满的正能量,出手必须出彩,完成必须完美；惊艳了时光,温暖了岁月,给人以积极向上的榜样力量。将就的人,只为失败找理由,不为成功找对策；缺乏自信,没有担当；虚掷了光阴,错失了美好。他们成为时代的可怜虫,令人唏嘘不已！讲究的人与将就的人,对待工作和人生的态度迥异,也使社会和人们对他们产生不同的看法,往往形成：你越将就,别人越讲究,越要求严格；你越讲究,别人越"将就",不会太过刁难和苛责。

西谚有云：最简单的就是最美好的。生活不简单,尽量简单过。但平常的工作和生活绝不能将就,更不能苟且,当然还有诗和远方。做讲究的人吧！让再平凡的日子,也能流光溢彩、温暖感人！

原载《铁路建设报》2021年8月18日第3版,又见《陕西工人报》2021年8月20日头版"工报时评"栏目

岁月静好

岁月静好是一种阅历。岁月不是无限静好,既是奋斗之后的淡定,又是付出之后的从容。只有用心点燃人间烟火,静好才尚有可期。

忙碌的日子,身心疲惫的时候,总把岁月静好当作一种向往。遇到一些事情后,才发现岁月静好不是无期,而是理想,人间烟火才是真正的生活。细思静想之后,对岁月静好也有了较深的理解和感悟:所谓的岁月静好只是片刻的宁静,人间烟火才是持久生活。

岁月静好是一种情怀。它是"终身所约,永结为好,琴瑟再御,岁月静好"中,男女海誓山盟后的永结同心。恰似女的弹琴、男的鼓瑟,夫妇琴瑟和美,生活这般美好!

岁月静好是一种状态。《小窗幽记·集景篇》中的"宠辱不惊,闲看庭前花开花落;去留无意,漫随天外云卷云舒",《终南别业》中的"中岁颇好道,晚家南山陲。兴来每独往,胜事空自知。行到水穷处,坐看云起时。偶然值林叟,谈笑无还期",俱是个中滋味。

岁月静好是一种阅历。岁月不是无限静好,既是奋斗之后的淡定,又是付出之后的从容。只有用心点燃人间烟火,静好才尚有可期。动中有静,静才有生机;静中有动,动才有归宿。绝对的静,只能是人生孤岛、死水微澜而已。

岁月静好是一种真实。任何事情都没有绝对,静好岁月的存在同样也没有绝对。静好的岁月只是人们期望的东西。在婆婆尘世间,需要有人为我们遮风挡雨和保驾护航,这样才可能如愿以偿!

岁月静好,如是而已,别无其他!

原载《陕西工人报》2022年3月9日第4版

疫情感悟

这个世界看似纷繁复杂，其实本质还是活在自己的心态，活在亲情朋友。因此一定要且行且珍惜，充实地过好最年轻的当下；珍惜眼前人和有缘人，过好自己的每一天。

"生活不止眼前的苟且，还有诗和远方的田野"，出自由高晓松作词作曲、许巍演唱的《生活不止眼前的苟且》。以前我非常喜欢这句歌词，并常常引用抒情和安慰自己。但三年常态化的疫情，尤其是经历了两次小区封控，直到一些事情实实在在发生在自己身上，才发现"突然"这个词到底是什么含义，才深刻理解"明天和无常不知道哪个先到"的深刻寓意。这完全颠覆了我以前的认知。"诗和远方"只能是人们的一种向往、一份慰藉，是柏拉图式的美好希冀，属于精神层面的追求。然则一旦失去了自由，"诗和远方"注定无法实现。如果这样，真的倒不如自由苟且地活着，因为自由才是生活和其他一切的前提，才是真实的人间烟火。三年的疫情使我深刻领悟到：疫情防控尚有期，可人生无常，生命一去难再回，岁月不问来时，生命更不可重生。这个世界看似纷繁复杂，其实本质还是活在自己的心态，活在亲情朋友。因此一定要且行且珍惜，充实地过好最年轻的当下；珍惜眼前人和有缘人，过好自己的每一天。不负韶华！不负今生！

原来是兄弟

很多时候，事情本身不会伤害你，伤害你的是你对事情的看法，以及内心的那份执念和魔障。我们每一个人的快乐、烦恼和痛苦也都不是因为事情本身，而是我们看问题的观念和态度。

前些时候，我同弟弟各开一辆车从老家到西安交大二附院陪父亲检查身体。考虑到医院人多、挂号难、排队难、程序多，我们便简单作了分工：早到的去挂号，后到的陪父亲。刚出发的时候，我们基本保持一前一后，可进城后，由于车流大，我俩的车被打乱，不知道彼此的方位。正当我在十字路口等红灯时，绿灯亮起的一瞬间，旁边一辆车猛打方向斜插进来，犹豫了一下，我还是踩了一脚急刹车，让其通过，但是有些生气。正当我想责怪时，坐在副驾驶位置的我爱人说："刚才那辆车，是弟弟的。"我猛然间感到庆幸，如果当时自己不让一下，小则发生剐蹭，大则形成碰撞，受伤的是亲兄弟，该是多么不好。到医院和弟弟一家会合后，弟弟和弟媳歉疚地说："哥，真不好意思啊，原来是插在你前面了。"

事情是同样的事情，只是当当事人知道彼此身份后，为什么整个感觉突然发生转变了？没错，是想法变了。表面看来，当时造成自己不快甚至愤怒的是斜插进来的"那个人"和"那辆车"，其实是"这个人真鲁莽无礼"的想法。所以当发现对方是亲弟弟时，自己的"想法"变了，感觉也就不同了。

空船理论说，有一个人划船渡河，半途中遇到一条横冲直撞的船，眼看就要撞过来了。划船的人，非常生气，大声喊叫。"对方"置之不理，还是撞过来了。划船的人，走上那条船一看，发现里面空无一人。顿时，他就不生气了，总不能对着空气发脾气吧？当你把对方当成空气的时候，你就不生气了。舍去了"气呼呼"，你就得到了"心平气和"。

曾听过这样一个趣闻。一个已为人妻的女子，下班回来吃饭，发现米饭有点煳，还以为是她婆婆做的，非常不高兴，怨声连连。但当得知米饭是来看她的母亲做的时，便再没有了怨言，反而说米饭焦点易消化。还有一个现象，如果你被人不小心泼了一点水，你可能会对他大声叫喊，甚至大骂。但是如果天下大雨，尽管你打着伞，衣服和鞋也可能被淋湿，即使你是一个脾气不好的人，也不会大发雷霆。这就是对象变了，包容度也就发生了改变。

很多时候，事情本身不会伤害你，伤害你的是你对事情的看法，以及内心的那份执念和魔障。我们每一个人的快乐、烦恼和痛苦往往并不是源于事情本身，而是源于我们看问题的观念和态度。同是一轮窗外月，唯有梅花便不同。就像弥尔顿说的："意识本身可以把地狱造就成天堂，也能把天堂折腾成地狱。"因此，我们多一些自我调节，多修炼自己的思想境界，多一些换位思考，多一些包容，多把对方看成是自己的兄弟、亲人，用善心善念，才能让彼此生活在快乐幸福中，这世界就会多一些理解的和谐！

原载《铁路建设报》2013年11月27日第4版

人生最好的状态是释怀

幸福的生活、愉快的心情重在心态，重在看问题的角度，在于不要纠结，在于坦然释怀。

释怀就是不再纠缠，不再抱怨，不再耿耿于怀。下文说的这两件事情就是发生在我自己身上真实的事情。尽管有些奇葩，但得益于自己的释怀。

前几天，一直在外工作的我，第一次去逛老家古庙会，大街小巷商品琳琅满目。中途在一家摊位看到一个天然的小木制品，我非常喜欢，就问多少钱，卖家说16元，我回复10元可以不，结果没有成交。在返回时又经过这家摊位，同时还看上一根木制拐杖，想给母亲买一根，就问："拐杖一根多少钱？"答道："30元。""那个小木制品呢？""15元。""两个一起买呢？""45元。"我便不假思索地说："30元加45元，给你70元可以不？"卖家先是怔了一下，然后迅速愉快地成交了。回到家里别人问拐杖多少钱时，我突然发现自己把账算错了。这时就有人建议我去找卖家，要回多付的25元钱。实际上那个摊位离我家也就是400多米，去把多给的钱要回来，也完全合乎情理。但稍作思考：如果自己真的去找了，最好的结果是对方把多余的钱退了，自己是满意了；可对于一个生意人来说，尽管钱不多，又不是他的过错，好不容易高兴一下，自己这么一找，还把卖家搞得很难堪；还有就是可能卖家不认账，双方搞得不欢而散。我便没有去，而是会心一笑，没有亏欠，怎么能够相见？

这件事情发生后，我便回想起十多年前发生的类似事情。一次我去菜市场买鱼，鱼是7元1斤，当时称了3斤，卖家说三七二十八，我给了30元，对方找了我2元。回到家，总感觉到哪里不对，妻子说："你被蒙了，三七二十一。"嘿嘿，当时又是自我安慰道："没有亏欠，怎么能够相见呢？"

我亲身经历的这两件小事，前后相隔十多年，想起来，经常会自嘲般一笑而过。幸福的生活、愉快的心情重在心态，重在看问题的角度，在于不要纠结，在于坦然释怀。

人生最好的状态，如是而已，别无其他。

生活中慎用反问句

工作生活中，喜欢用反问句的人，往往是想强烈证明自己的存在感和唯一正确性。上司爱用反问句，会让人感觉戾气重而不愿亲近，直接影响和谐的人际关系。家人如果常用反问句，很容易引燃怒火或者引发冷战的硝烟，消磨家庭成员彼此的幸福感。

反问句具有加强语气的作用，把本来已确定的意思表现得更加鲜明，带有很强的倾向性。反问句的语气不但比一般陈述句更为有力，而且感情色彩更为鲜明。

工作生活中，喜欢用反问句的人，往往是想强烈证明自己的存在感和唯一正确性。上司爱用反问句，会让人感觉戾气重而不愿亲近，直接影响和谐的人际关系。家人如果常用反问句，很容易引燃怒火或者引发冷战，消磨家庭成员彼此的幸福感。

著名气象主持人宋英杰先生曾透露自己处理家庭矛盾的制胜法宝："夫妻吵架不要用反问句。"反问句就是"勾火句"。

为什么尽量不用或者慎用反问句呢？我个人认为原因起码

有四：

其一，反问句在使用时间上，往往是在气头上。用反问句更能发泄自己的情绪，说着也更痛快，但是听到反问句的人，不管这句话意思如何，第一感觉都是不舒服的，容易勾起火气。如果反问的结果是双方互不相让，那么势必引发更为激烈的争吵，甚至拳脚相加，最后只能两败俱伤。

其二，反问句从内容上讲，多是明知故问，让人生嫌。有人问你："难道你不知道？难道你不懂？"你或者会回答他："是的，我不知道！是的，我不懂！"不过心里一定会再加一句："去你大爷的！"问题是，标准答案或者真相往往是心里的那个声音，没发出来的那个声音。心理学上说：反问句是最有攻击性的一种说话方式，常说必定讨人嫌。

其三，反问句在语气上，一般会带有讽刺、挖苦，让人难以接受。反问句的攻击力特别强，常伴随质疑对方的能力、智商和人品的含义。

其四，反问句在使用语境上，具体表现为一种控制话语权的方式，控制欲和权威性都相当强。使用反问句的人是一种高高在上、咄咄逼人的架势。"这样难道还不行？不行就算了。"直接把对话带进死胡同，拒绝沟通的可能。不给别人留一丁点儿余地，也把自己逼入"绝境"，脾气再好的人也会被带入"互损"模式。

心理学常把反问句看作最有攻击性的一种说话方式，建议慎用反问句与人进行沟通交流。当然啦，反问句能够成为一种句式也并非一无是处。慎用反问句，并不等于不用反问句。在特定语境中，不包含伤害对方的语气时，在对方都理解彼此的善意时，反问句的使用也可以变得恰如其分，让情感鲜明。比如，恋人之间，"我如此爱你，你还嫌爱得不够吗"；哥们之间，"难道我们的关系还不够铁吗"。

话有三说，巧说为妙。总而言之，表达方式都是为交流服务。真正让人受伤的是潜意识中的态度。即使在仇人面前，也没有必要通过反问句把对方置于尴尬的境地。不要把反问句当成武器，更不要把下意识地运用反问句当成习惯。

敢问明智诸君，我所言是也不是？

原载《铁路建设报》2023年10月18日第4版

"能说话"与"会说话"

良言一句三冬暖,恶语伤人六月寒。总之,说话要把握好分寸,拿捏好度,尽可能做到:位置不同少言为贵,认识不同不争不辩,场合不对沉默是金。

新生儿一出生,从第一声啼哭,到后来的会叫爸爸妈妈,就开始能说话了。但随着年龄的增长,阅历丰富了,慢慢体会到,我们都"能说话",但不一定"会说话"。

能说话,也就是你能表达你的意思而已。会说话,是你能在不同的场合对不同的人,用最适当、最有效的方式去表达,能用恰当的语言打动你想沟通的对象。

可是现实生活中,能说话的人,不一定就会说话。

有一次参加一场婚礼,证婚人一开口便别开生面,与众不同,出口成章,令人羡慕。可是后来却口若悬河,滔滔不绝地一下说了十几分钟,不仅挤占了婚礼的宝贵时间,还破坏了气氛,使人生厌。还有一次参加一个饭局,即将结束的时候,东道主考虑一位年长者到得比较晚,没能够赶上开始的三杯酒,便出于礼貌，客气地让他最后说几句，可没有想到这位先生喋喋不休，说个没完没了，吃饭不到一个小时，他后来却说了半个多小时，搞得大家十分不悦。由此可见，能说话是人的本能，会说话才是本事和智慧；能说话与生俱来，但要学会说话却是一辈子的事情。

会说话的人会看场合。对礼貌性邀请，非必要尽可能不说；对礼仪性邀请，尽可能少说；对特别性邀请，一般会长话短说，无关的话绝不多说。

会说话的人会区分语境。既不会喧宾夺主，不对主人话题展开说、争着说，更不会抛开话题，只对自己感兴趣的事情津津乐道，说个没完没了。大家争着说话时不抢着说，而是深思熟虑看准时机再说。

会说话的人一般都善于倾听。在和他人说话的时候，能够耐心地倾听对方的意见，不会任意插话或者打断对方的话头，会做到察言观色。当发现对方显得厌倦或者注意力分散的时候，就及时停止自己的讲话。

在我看来，学会说话无外乎这么几点。一是三思而后言。每次说话之前都应该在脑海里快速过一遍，组织好语言，这样不仅有利于你更好地表达你想要表达的内容，还能让你审视自己的话语是否妥当，是否会伤害他人自尊，等等。真正成熟的人，都懂得把不该说的话及时咽下去，不轻言，不中伤。二是学会倾听。在自己遇到不懂的问题时，不要不懂装懂，而是要学会保持沉默，让对方多说。多聊对方而不是自己。与人交流时，每个人都喜欢聊自己感兴趣的话题，也喜欢别人聊自己感兴趣的事。所以我们首先要学会了解对方。三是学会认可。当我们有好的建议，在给予别人帮助的同时，要先认可对方，照顾到别人的尊严，再提出合理的建议。提建议时语气要委婉，尽量让对方感到舒服。与人交流时，不要先否定他人，不要经常说"你不应该""你不行""你不懂""你不能"等否定对方的话语。学会把硬话软说，给他人留一分体面，也给自己留一分余地。四是尽可能多使用万能语。常见万能语有：请，早安，午安，晚安，太不好意思啦，托您的福，多多包涵，实在不敢当，非常抱歉，太谢谢您了，请多多指教，拜托您，等等。常用这些万能语，会让对方感到你非常有礼貌，你的话富有弹性，听起来很亲切，用起来很简单，使人听了舒心。做一个会说话的人，不光用嘴，更要用心。

　　语言是有温度的。良言一句三冬暖，恶语伤人六月寒。总之，说话要把握好分寸，拿捏好度，尽可能做到：位置不同少言为贵，认识不同不争不辩，场合不对沉默是金。慢说着急的话，少说抱怨的话，学会倾听，学会认可。

工作感悟

"有效成洞"=绩效

要看我们企业的战略部署是否适应时代潮流，是否为企业可持续发展储备了人才、开拓了新领域，是否拥有了对创新型技术的占有，而不能因一时一地论成败。

看罢文题，肯定有人会不解地问："有效成洞与绩效有什么关系？这二者如果有关系，又会是怎样一层关系？"隧道施工中，有效成洞与绩效看似风马牛不相及，人们往往也会因此忽视它们之间的联系。本文想用现实的事例来阐述二者之间的关系：有效成洞就等于绩效。

之所以有以上感悟，还得从 2007 年 11 月我带领工作组到沪汉蓉项目部蹲点说起。2005 年一公司承建了 8.9 公里新蜀河隧道工程。就长度而言，这是一公司成立以来承建的最长的隧道，而且第一次遇到了碳质片岩这样特殊的地质构造。施工中不可预见的困难和情况令建设者煞费苦心。集团公司先后派出多个工作组到此蹲点，帮助现场解决问题，施工进度也一直成为局领导关注的焦点。为此，在确保安全、质量受控的前提下加快进度，成为项目部和工作组的首要任务。尤其是工作组将提高产值、加快掘进进度作为绩效考评的重要指标。由于隧道开挖占的比重较大，产值高，施工队于是重掘进，轻二衬，追求掘进速度成为大家共同的目标。

这次到沪汉蓉项目蹲点后，我当即会同项目部领导制订措施，落实计划。按照8个掌子面安排进度计划，当时按最保守的安排，一个面一天掘进2米，也能达到16米，可计划一时就是无法排出来。原因是8个工作面只有4个可以施工，其余4个需要处理变形。原来已经掘进的隧道，最短的变形10多米，长则50多米（当然也有地质复杂尤其是碳质片岩的影响），而且每处理1米变形，最少需要两天时间。与此同时带来的安全隐患极大，并且费用相当高。此时我突然想到"有效成洞"这几个字。假如我们不偏重追求掘进，而是根据地质变化，认真研究对策，改变工艺工法，采取"短开挖、强支撑、快衬砌"等行之有效的做法，可能当时导致掘进速度慢了点，但只要衬砌跟上以后，已掘进的不再发生变形，我们所做的工作就是有效的。现在回过头来看，以前看似有进度，但却为后续施工埋下了隐患，导致处理难度极大。所以这次我到项目上反复告诉大家，尽管工期压力大，但绝不能为掘进而掘进，必须要提高有效进尺，做1米成1米，保证不要返工。至此我想大家肯定明白了我把"有效成洞=绩效"作为题目的原因了吧！

由此延伸到我们企业的可持续发展战略，似乎也有许多可资借鉴的地方。前几年，我们一直提的是"做大做强"的目标，现在经过不断探索又回到"先做强再做大"这个战略部署上来了。企业要实现可持续发展不是只看当年的产值完成多少，新签合同额是多少，更重要的是要看到我们企业在人才储备、施工能力和管理经验方面是否为今后发展奠定了基础。一个企业能新签更多的合同额，能完成更多的产值固然重要，但要实现一个企业的可持续发展只关注这些是远远不够的。而是要看我们企业的战略部署是否适应时代潮流，是否为企业可持续发展储备了人才、开拓了新领域，是否拥有了对创新型技术的占有，而不能因一时一地论成败。对困难企业要摆脱困境，我想也应从中有所感悟。想急于求成，取得立竿见影的绩效固然很好，但往往欲速则不达，偶尔有成绩，但也经不起时间的考验。一个企业之所以能陷入困境，原因肯定是多方面的，因此就需要认真剖析，找准症结，对症下药，切忌头痛医头、脚痛医脚，要治标，更要治本。这样脱困时间可能长了点，但打下了稳固的基础，新的机制将会给企业发展带来新的活力。

这次工作组进驻项目，大家达成了一个共识，那就是不停工、不返工，有效进尺就是一种速度和效益。

原载《铁路建设报》2007年12月26日第4版

在状态 有激情

激情就是对自己所从事的工作充满热忱。热忱在古希腊语中的含义是内心之神。如果说成功要借助神灵之力的话，那么这种神灵就是热忱。

股份公司在考察集团公司后备干部时，列了许多条件，其中有一条是：对本职岗位工作要在状态，要有激情。笔者听后感触颇深。是的，一个干部，尤其是担负一定职务的领导干部，要是不在状态，工作没有激情，以己之昏昏，何以令人之昭昭？

状态是心态的外在表现，工作是一种心态，你的心态决定了你的工作状态。集团公司提出的员工工作理念"工作是一种状态，唯美当为追求"也无不包含状态与工作效果的关系。在状态，笔者认为就是要在其位，谋其政。过去批评不尽责的人，常比喻为当一天和尚撞一天钟，各人自扫门前雪。可是当今，由于价值多元化，社会处于转型期，许多"和尚"连一天钟都不撞，整天打着自己的小算盘。把大局抛在一边，吃喝玩乐，对工作不尽责、不尽职。

不在状态，当官不为民做主，不如回家卖红薯。这样的领导，职工不欢迎，被嗤之以鼻。但只在状态还不够，还必须有激情，激情对状态起着催化作用。

笔者认为，激情就是对自己所从事的工作充满热忱。热忱在古希腊语中的含义是内心之神。如果说成功要借助神灵之力的话，那么这种神灵就是热忱。俗话说："世上无难事，只怕有心人。"我认为对"有心人"最正确的理解应该是满怀热忱的人，也就是对事物有持之以恒的情感和全身心的投入。

做就做到位，做不到位等于没做；干就干到最好，干不好就等于没干。

激情就意味着要有对生活的挚爱、事业的狂热。人生的真谛就是生活，热爱人生就是热爱生活。只有对生活、对工作充满激情的人，才是人生的最大享受者。

激情是一种意志的表现，激情是激发工作幸福的源泉。只有对工作有了激情，才能不惧困难，才能树立战胜困难的勇气。激情就是对未来充满希望，很难想象一个没有远大抱负和志向的人会对工作有激情。没有激情的人会让人感到索然无味，没有激情的人生也会流于平淡。

著名书法家庞中华的座右铭是"韧性的战斗"。他居然把每天练字都看成了一种战斗，这才是一种真正的浪漫情怀，他对自己所钟爱的事业有一种挚爱的激情。

总之，对领导干部而言，在状态、有激情就是要对群众、对事业有一种浓厚的兴趣，一种真挚的热爱，一种奋发向上的昂扬之气；在状态、有激情，可以直接转化为乘风破浪的前进动力，转化为干事创业的工作责任，转化为凝心聚气的人格魅力。领导干部在状态，内心充满激情，就会精神饱满，干劲十足，勇于变革，勇于创新，毫不懈怠，永不停滞，保持一种矢志不渝、奋发进取的姿态，做一名辛勤的工作者、不懈的进取者和无悔的奉献者。做一名优秀的领导干部，除德才兼备外，还必须要在状态、有激情。

原载《铁路建设报》2009年1月21日第4版

给坚持一个理由

只要给坚持找个让人信服的理由,坚持的理念才能固化于心,外化于行。找到了坚持的原因,坚持就会成为自己发自内心的需求和促使自己成长、前进的原动力,就可以把外来强加的坚持变成自觉行动。

常言道,贵在坚持。其义就是在强调,在成就某一件事、实现某一目标或是人生理想中,坚持的重要性。

笔者认为,坚持固然重要,但它只能帮人完成工作,其中更为重要的是支撑坚持的原因和理由。坚持只是一种外在的力量,虽然有时也能引发人内心的欲望,但其作用毕竟是有限的。激起人内心渴望的却是一种思想方法。阐明了问题的关键,以调整人内心的渴望为出发点,这样激发产生的力度才深刻持久,力量才能巨大无比。大凡关心高考的家长,绝大多数是因为家里有考生。大凡领导讲话或是布置一项工作,第一条要求都是提高认识,提高认识的核心就是做这件事情的理由。因为只有理由成立,思想认识提高了,想通了,工作才有信心和成为精神支柱。

优秀的教师为了提高教学质量,她会努力去转变学生的观念,经常灌输"知识改变命运,学习成就未来""少壮不努力,老大徒伤悲"等理念,让学生认识到学习的重要性,从而激发学生在思想上愿意学习,行动上就会努力学习,成绩自然也就会提高。

近几年,许多企业都在大讲企业文化,而企业文化有责任文化、执行力文化等。笔者认为,要营造这种文化氛围的前提,一是多讲几个为什么,一定要让大家明白,只有这样做企业才能发展,职工才能得到实惠。二是企业要有明确的使命,要有使命宣言。唯有明确使命的公司,才能使工作变得更有意义。

因为一件事情你只靠坚持的话,肯定不行,你必须是觉得这个事情本身很有魅力,才做这个事情,离不开这个事情,而且不只是你坚持要做。比如,谈到锻炼身体,有人形象地比喻:早上,年轻人在睡觉,中年人在买菜,老年人在锻炼身体。为什么老年人能够自觉坚持锻炼身体呢?因为老年人更感到生命的短暂,身体健康的重要,不锻炼就没有好的身体,生命就不能延长,而年轻人就没有这种危机感。

只要给坚持找个让人信服的理由,坚持的理念才能固化于心,外化于行。找到了坚持的原因,坚持就会成为自己发自内心的需求和促使自己成长、前进的原动力,就可以把外来强加的坚持变成自觉行动。

喜欢、爱好是坚持的理由，信念也是坚持的理由，感恩也是坚持的理由。伟大的人物都会用思想征服大众，希望是激励人坚持的奇妙成分。世界上绝大多数人是为希望而坚持生活的，现在如果还不好，希望将来会更好。高明的领导者在调动别人的积极性时，一定要善于给他人带来希望，给他们一个坚持做好工作的理由！

原载《铁路建设报》2009 年 5 月 13 日第 4 版

新时代企业工会"吹拉弹唱"工作新内涵

有作为才会有地位。工会组织要靠工作品牌赢得地位。新时代工会工作要坚持以职工为中心,"唱"响工会工作品牌。"中心"就是我们工作的"重心",职工对美好生活的向往就是我们努力的方向。

"打球照相,吹拉弹唱"是计划经济时代对工会工作的直观印象和集中评价。尤其是在中华人民共和国成立初期的特定历史条件下,在各行各业百废待兴,产业工人文化水平相对较低,私营经济向国营经济过渡的情况下,工会组织开展了丰富多彩的文娱活动,这些对凝聚人心、培养集体主义精神发挥了不可替代的作用。"打球照相,吹拉弹唱"也一度成为那个时期工会工作的代名词。

十九大报告中,习总书记强调,中国特色社会主义进入新时代,我国社会主要矛盾已转化为人民日益增长的美好生活需要和不平衡不充分的发展之间的矛盾。必须认识到,我国主要矛盾的变化是关系全局的历史性变化,对国有企业工会工作如何适应新时代、开启新征程,提出了新的更高的要求。新形势下如果依然固守"吹拉弹唱"的老套套、旧调调,就是对工会工作不作为、不创新的一种嘲讽。这就迫切需要企业工会将以往"打球照相,吹拉弹唱"的工会工作品牌旧曲新唱,赋予其符合新时代需要的"始终坚持以职工为中心"的新内涵,要坚决克服机关化,破除衙门作风,防止脱离群众,充分发挥工会工作服务企业改革发展的作用,加大维护职工合法权益的力度和积极构建和谐企业的亲和度。

"吹拉弹唱",要"吹"响时代号角。要大张旗鼓地宣传十九大报告精神及其深刻内涵,深刻认识和把握习近平新时代中国特色社会主义思想。在宣传上要充分发挥工会的组织优势和阵地优势,不断丰富载体,运用新媒体及网络平台,加大宣传力度,兴起宣传党的十九大热潮,"吹"响时代号角,持续弘扬正能量。在站位上,工会组织要肩负起团结带领职工听党话、跟党走的政治使命。在方法上,工会组织要通过"三学、三进、三实现"宣传、贯彻好党的十九大精神和习近平总书记关于工人阶级和工会工作的重要论述。"三学",即工会干部要先学一步、学深一层、学透一些,加强对"四个伟大""四个自信""四个全面"的学习领会,明确"两个一百年"的奋斗目标,提高思想站位,看清战略目标,增强做好工会工作的责任感和使命感,找准与工会工作的结合点和下一步工作的着眼点,形成十九大精神在工会工作领域的生动实践。"三进",即工会组织发挥好党联系群众的桥梁纽带作用，进企业、进班组、进入职工中以"娘家人"的身份宣讲十九大精神、赠送辅导读本、开展知识竞赛等，让十九大的奋斗目标、精神内涵家喻户晓。"三实现"，即通过"三学""三进"，实现传播新风、引导思想、凝聚人心三个目标，彰显工人阶级力量。通过深入开展建功"十三五"劳动竞赛，为职工群众搭建展示才华、建功立业的广阔平台，造就一支"有理想守信念、懂技术会创新、敢担当讲奉献"的宏大的产业工人队伍。动员和激励组织广大职工围绕生产经营中心，拼搏奉献，树典型、促生产，争当改革先锋、管理能手、创新标兵。

"吹拉弹唱"，要"拉"近职工感情。新民主主义革命时期，党领导工农妇青组织动员起民众千千万，推翻"三座大山"。社会主义革命和建设时期，群团组织动员广大群众发展生产，巩固新生人民政权。改革开放以来，群团组织激发人民群众投身改革开放和社会主义现代化建设。在新时代，工会要带领职工听党话、跟党走，工会干部就必须学会做群众工作的本领，拉近与职工的关系，增进与职工的感情。直面职工的眼，赢得职工的心，设身处地为职工谋利益，努力构建职工和企业的"命运共同体"，真正实现群团组织的政治性、先进性、群众性。

在新时代的伟大时期，企业工会组织要发挥党的群众基石作用，"拉"近职工感情，增强企业与职工之间的血肉联系，就需要用调研、帮扶、维权、服务这四种形式筑牢根基。调研要深入。要按照"从职工中来,到职工中去"的工作方针,在深入开展集体合同履约和职工权益保障情况调研检查的基础上向纵深延伸,既要了解工资增长、福利待遇、安居乐业、扶贫帮困等基本权益的实现情况,也要摸清处在潜水层次的职业发展、成家育子等需求,以及身心健康、精神追求等思想动态,主动了解、解决职工的"软困难""软缺失""维权盲点",努力实现思想上解困、精神上解忧、文化上解渴、心理上解惑,提升职工的温暖感。帮扶要精准。既要锦上添花,更要雪中送炭。在做好送温暖、送清凉、送慰问的基础上,积极适应职工日益增长的美好生活的需要,开展困难企业和非在岗职工生活状况调研,全面摸清困难职工情况,行政协商解决源头问题。全面掌握困难职工现状,分类管理;对救助资金的预算和使用现状做分析,积极帮扶;对当地城镇居民有关救助政策、医保政策做了解,多方帮助;对通过技能培训能够重新上岗的困难职工,从资金扶贫向技术扶贫转变。维权要得力。工会组织要从监督主体向参与主体、问责主体延伸,在集体合同履行、工资集体协商、年金制度落实、工资正常支付、带薪休假等关系职工切身利益的事情上有话语权,特别是在政策制订时为职工说话,在保障机制上要有监督举措,形成"制度—落实—监管—提升"闭环维权,让职工有直接的获得感。服务要强化。替群众解难,帮群众顺气,把职工愿望作为晴雨表,按照职工群众的"生物钟"开展工作,尤其要关注 80 后、90 后职工队伍中的新生群体,与时俱进创新工会组织服务职工的新方法、新途径。通过以上形式，切实把"工会要成为职工之家，工会干部要当好娘家人"的要求落到实处，切实打造工会组织的亲和力。也只有这样，工会组织才能担负起新时代拉近职工感情、坚决跟党走的使命。

"吹拉弹唱"，要"弹"好创新乐章。创新是引领发展的第一动力。新时代工会工作要善于创新工作方式方法，"弹"好新乐章。要统筹兼顾，突出重点，学会"弹钢琴"。毛泽东同志曾指出："弹钢琴要十个指头都动作，不能有的动，有的不动。但是，十个指头同时都按下去，那就不成调子。要产生好的音乐，十个指头的动作要有节奏，要互相配合。"

"弹钢琴"，首先要"找准主旋律"。重点抓好弘扬工匠精神和开展技术创新劳动竞赛，推动工程项目建设全面提升，推进"普惠工程"和维权帮扶。创新工会网上工作平台体系，深化厂务公开民主管理，推动工资集体协商，积极构建和谐企业，提质增效等重点工作的推进和落实。其次要"弹好协奏曲"。要坚持做强基层、着力创新的工会改革总体思路，工作有计划、会运筹，集中开展"强基层、补短板、增活力"行动，增强学习本领、政治领导本领、改革创新本领、群众工作本领、狠抓落实本领等，不断提升工会组织的凝聚力、战斗力和影响力。最后要"弹出好乐章"。弹响钢琴容易，弹好钢琴不易。只有十指互相配合，区分轻重缓急，才能弹奏出动听的旋律。工作中每个人都要学会"弹钢琴"，各司其职，相互配合，才能做到统筹兼顾,协调发展,才能充分调动全体职工参与企业民主管理的积极性,汇聚起职工参与企业改革发展的磅礴力量。

"吹拉弹唱",要"唱"响工会品牌。有作为才会有地位。工会组织要靠工作品牌赢得地位。新时代工会工作要坚持以职工为中心,"唱"响工会工作品牌。"中心"就是我们工作的"重心",职工对美好生活的向往就是我们努力的方向。

要落实好"员工关爱"工程。开展项目部"幸福之家十个一工程",让一线职工有工作的好环境、好心情、好体魄;加强"幸福家园"建设,让一线职工放心,让后方家属舒心;通过"EAP健康"专员制度体系建设,关心职工心理健康和压力疏导;加大"农民工入会"力度,实现一个都不能少;结合新时代职工群众的新需求,坚持"好事办好、实事做实、特事特办"的原则,持之以恒地抓好每一项良策的落实,实现员工与企业共建共享、共创共赢。要开展好"创新创效"活动。以"创新创效"为主题,以"劳模创新工作室"为载体,大力弘扬"爱岗敬业、争创一流、艰苦奋斗、勇于创新、淡泊名利、甘于奉献"的劳模精神和"精益求精、追求完美、专注敬业、一丝不苟"的工匠精神,加大劳模宣传表彰力度,用先进群体的先进事迹和崇高品格感召激励群众,把榜样力量、示范作用发挥出来,传播积极向上、促进发展、维护稳定的正能量,培养出更多的窦铁成、白芝勇式的劳模、巨匠,最大限度地激发职工的劳动热情和创造活力,推动企业管理水平和发展质量提升。要组织好"劳动竞赛",实现"三转变、三延展、三结合、四实现"。"三转变":从生产指标型向管理、科技创新型转变;从传统任务完成型向素质提升型转变;从粗放型管理向精细化管理转变。"三延展":从体力型向技能型、从速度型向效益型、从阶段式向常态化延展。"三结合":与先进评比选树相结合、与日常重点工作相结合、与职工"五小"成果总结相结合。"四实现(实现四个贡献率)":一是提高效率效益的贡献率;二是提高管理水平的贡献率;三是开发生产力潜能的贡献率;四是开发职工技能素质的贡献率,最终提高劳动竞赛的含金量和内涵度。要实施好"职工素质提升工程",开展"职工大讲堂"、窦铁成技术夜校等活动,为职工搭建读书学习、职业培训、岗位练兵、导师带徒、技术比武、技能大赛等多层次教育培训平台。

新时代、新使命,需要新作为、新担当。把学习贯彻党的十九大精神与学习贯彻习近平总书记关于工人阶级和工会工作的重要思想结合起来,只有赋予"吹拉弹唱"新内涵,练就"吹拉弹唱"的硬功夫,才能符合时代需要、符合职工需要,才能见到实效,才能有生命力,才能合力谱就新时代企业发展的和谐之声。

原载《陕西工人报》2018年1月16日第3版,又见中工网、陕工网2018年1月16日网页,又见《铁路建设报》2018年1月24日第4版

由锻造高质量钢筋混凝土想到的

只有刚柔相济,各司其职,才能无缝对接,彰显合力,不断激发和增强各方管理主体的内生动力。这才是企业管理的制胜法宝、不二法门。

高质量的钢筋混凝土是建筑业的粮食和血液,锻造高质量钢筋混凝土的过程,其实就是"向管理要效益"的过程。笔者长期从事建筑企业管理工作,和钢筋混凝土打交道、交朋友,目见耳闻,感受良多,不揣浅陋,建以微言。

一是把握合理配比这个前提。实验室通过不同组实验调整各材料构成参数,以求质效兼优,效果最佳。钢筋混凝土不是钢筋数量越大,硬骨料越多,强度就最好,没有合理砂浆配比的钢筋混凝土是满足不了各项标准要求的。由此想到,《西游记》中取经团队成员间优势互补的最佳组合案例。只有刚柔相济,各司其职,才能无缝对接,彰显合力,不断激发和增强各方管理主体的内生动力。这才是企业管理的制胜法宝、不二法门。

二是做到过程受控这个关键。再优良的配比，再优质的混凝土，如果过程运输不受控，钢筋绑扎时偷工减料，振捣过程不认真、不充分、不密实，模型制作不标准、不规范，那么成品钢筋混凝土构件必然出现蜂窝麻面、露骨、露筋，内不实、外不美等质量问题。由此想到，企业管理既要定制度立规矩，更要在全管理周期督促落实上下功夫，严格履行好"业务谁主管、监督谁负责"的"下管一级"职责。只有层层传导，压紧管理责任，才能从整体上提升管理品质，持续打造强势执行力，使执行力转换为企业核心竞争力。

三是关注时间成本这个重点。高质量的钢筋混凝土构件，必须在特定养护条件下，首先满足龄期要求，然后满足荷载规范。就如从播种到收获需要一定时间一样，各项工作要获得成功，也需要时间成本。但这绝不是"守株待兔"式的消极等待，更不是一味强调时间边际成本的"揠苗助长"，切记不能违背管理规律，必须坚持时间为质量服务的底线原则。要运用规律创新管理，如为加快钢筋混凝土强度达标，可采取养护时提高温度、增加湿度，棚内养生等措施。这才是提升管理质效的题中应有之义！

《菜根谭》上讲："欲做精金美玉的人品，定从烈火中锻来。"同样，要锻造高质量的钢筋混凝土，就要充分探索和运用企业管理规律，推动企业高质量发展亦复如是。

2020 年 3 月 22 日

挂职锻炼感悟

领导干部，尤其是企业主要领导，重在构建格局、谋事、用人、注重战略思考；员工，重在严格执行、干事、做人、灵活优化战术。

中国中铁股份有限公司党委为进一步加强领导干部队伍建设，拓宽干部教育培养和实践锻炼渠道，提高领导干部综合素质，今年组织了首批干部挂职锻炼。我有幸作为其中一员，到中铁二院挂职锻炼，从中受益匪浅。具体有如下几点感悟：

其一，认识到设计工作是一项系统性非常强的工作，接口管理多、闭合环节多。比如一条铁路，线路方案一旦稳定，线路坡比、桥隧位置就不能轻易改移，否则就会"牵一发而动全身"，给设计工作带来负面影响。因此，在实际工作中，孤立一个要素、一个环节、一件具体工作往往并不十分可怕，但如果整体系统出现问题，将会造成无法估量的重大损失。我认为领导干部一定要善于把握大局，注重系统思考，注重提高系统分析问题和解决问题的能力。

其二，认识到"天下难事，必作于易；天下大事，必作于细"。比如设计一条铁路，有隧道、路基、桥梁、站场等不同子项目，由一个人或一个部门完成几乎不可能。如果把这项看起来很难的工作，根据专业的不同分解到相关业务部门，就会变得容易。在企业管理中，针对这种情形，必须推行精细化管理，将责任分解、落实到人，形成"千斤重担大家挑，人人身上有指标"的责任体系。同时，还要有效消除因条块分割形成的管理盲区和"各扫门前雪"的消极思想，实现各部门内部精细管理和部门之间的无缝对接，最终促使企业整体管理效能得到最大限度发挥。基于以上认识，我认为领导干部必须要善于认识和运用精细化管理的实质和手段，不断促进企业整体管理水平提升。

其三，重新认识领导干部和企业员工所扮演的不同角色，不断领悟和提升管理艺术。我认为，领导干部，尤其是企业主要领导，重在构建格局、谋事、用人、注重战略思考；员工，重在严格执行、干事、做人、灵活优化战术。我们提倡领导要亲力亲为，要坚持从实际出发，区分具体情况。在特殊情况下，领导的身先士卒能够起到表率和激励作用。但"三军易得，一将难求"。在正常状态下，领导更应该按照职责和分工，把更多的心思放在发现人才、经营人才和谋划企业发展上，把重点放在企业可持续发展的战略思考和制度顶层设计方面，真正体现领导干部的品质和驾驭能力。

其四，深刻感受到换位思考带来的收获，隔行如隔山，不同阅历给自己带来的感悟，体会到基层单位之间干部互相交流的重要。因此，建议干部挂职锻炼的"触角"应延伸到设计院和施工单位的项目经理、项目总工。只有切实加强设计院和施工企业基层项目的深入交流，充分做好相关基础工作，才更能促使专业之间缩小差距，促进业务干部提高综合素质，促使设计理念创新与施工技术创新，实现优势互补，充分彰显中国中铁实现管理提升、转型升级，由施工总承包、设计总承包到建筑总承包的集团优势。

告别"一局娘家人群"感言

和大自然在一起养生，和善良人在一起养德，和知心人在一起养心，和快乐人在一起养颜，和正能量的人在一起，终身受益！

光阴似箭，日月如梭。自2014年任工会主席、副总经理以来，真的是弹指一挥间。八年多的时间过去了，属于自己的职业昭示结束。

省总郭大为主席曾经在检查一局工地时说："一定会去一局的，一定会去看你。"郭主席的话终于在我改任非领导职务前兑现了。4月24日他百忙之中安排时间来一局调研并看望了劳模先进，对此，我感到万分庆幸并引以为豪。一位工会同仁学习大为主席讲话后发给我感言，表示："为他人不可为，创工会新丰碑。一局工会工作在大为主席的高度肯定中和职工群众一片点赞中达到了一个难以超越的顶峰，确实厉害！为你点赞！单单小木耳一事便已载入一局史册、陕西工会史册了，不可超越。辉煌的职业生涯，功德圆满！"

回顾八年多来，遇见都是缘分，留存皆为美好，过往难以忘怀！每段历程都有得有失，得之我幸，失之我命。每段历程都遇见不同的风景，我都尽收眼底，成为永恒的回忆。"实改非"预示职场生涯的结束、慢生活过渡期的开始，以更好的心态迎接退休生活的到来。伴随着职业生涯的结束，过去在工作中建立的人际关系也会出现新的变化。一切过往，皆为序章。永远不会忘记在自己人生道路上帮过自己的贵人，和真诚相待、肝胆相照的同路人！

刚刚过去的八年，自己不忘初心，以追求向上、向善、向阳、向真对待事业和人生；以只为成功找对策，不为失败找借口为理念，想干事，干成事；以讲究，不将就的态度，追求工作完美；以用心不必费心，凡事预则立不预则废的理念，谋划布局一切工作；带着感情做事，加上理性和执着去做自己想要做的事情。正如郭主席讲，带着感情办事，没有办不成的事。也正是如此，八年多来，我全身心投入工会和分管的行政工作。在状态，用激情点燃工会事业，用担当和尽责圆满完成分管行政工作。以真情对待相识的同事和工会同仁，并尽可能成全可成全的一切！以正直、正义的人生理念，自勉自励，敢于直言，不献媚，爱憎分明，做人做事！

不能把平台当本事，把机遇当能力。在离别工会岗位之际，告别"一局娘家人群"的时刻，真诚感谢工会组织给予展示的平台、大好时代给予的机会。真诚感谢大家的一路相伴，感谢大家工作上的包容和支持。"一局娘家人群"是我提议建立的，这个群增进了工作交流，增进了工会同仁的工作感情，展示了各级工会工作风采，也包含着自己的心血；尽管不舍，但还是要忍痛割爱，告别"一局娘家人群"。希望该群依然如故，并不断与时俱进，助推一局工会工作开创新局面！

最后用自己很喜欢的两段话结束并与大家共勉！林徽因说："人生最大的遗憾，不是你错过了最好的人，而是你错过了那个想要对你好的人。"

还有网上看到的这段话："和大自然在一起养生，和善良人在一起养德，和知心人在一起养心，和快乐人在一起养颜，和正能量的人在一起，终身受益！"

原载《铁路建设报》2022年7月20日第4版

"外面不圆转不动,里面不方带不动"

在市场经济条件下,一个企业要获得长足发展必须处理好内部和外部两重关系。内部要"方",就是要通过制订和完善各项制度,全面夯实企业管理基础;所谓的"外圆",是指处理企业外围关系要善于根据实际情况采取灵活的措施。

丁远峙写过一本《方与圆》的励志书,提出"外圆内方"是人生应该具有的一种大境界。其实,这种"外圆内方"的策略在很多方面都是起作用的。譬如企业的经营管理,在不少情况下很多企业就是因为没有把握好这一策略,往往处于"外面不圆转不动,里面不方带不动"的被动局面。

在市场经济条件下,一个企业要获得长足发展必须处理好内部和外部两重关系。内部要"方",就是要通过制订和完善各项制度,全面夯实企业管理基础。这里的"方"指的就是规矩和制度,也只有靠制度来规范和约束员工的行为,才能使企业真正意义上成为一个整体。"制度行则企业兴",只有严格贯彻和执行制度才能使企业练好内功,迎接挑战。所谓的"外圆"，是指处理企业外围关系要善于根据实际情况采取灵活的措施。有时候处理的手段太"方"，不仅不会营造和谐的外部环境，还会造成不好的结果，给企业发展带来负面影响。这种"圆"近似于中庸，"不偏不倚，恰到好处"。外面的"圆通"和里面的"方正"作为企业经营和管理的理念，将对企业管理者带来重要的启示。

豆芽和庄稼

为人才创造一方沃土，让每一粒豆子都长成庄稼而不是豆芽，让每一位有才华的青年员工在企业的发展中都能够很好地发挥自己的作用，成为中流砥柱，是企业管理者要努力去做的。

豆子放在盆子里长出来的是豆芽，放在田地里长出来的是庄稼。没有一种土壤便没有一种生存基础，没有一种氛围便没有一种生机勃发的力量：环境作为外因对事物的影响有时候是至为关键的。

我曾经不止一次向我的朋友讲述这样一件事情。有一次，在征地拆迁过程中，我看到一片麦田，左边的一畦才拔节抽穗，右边的已经泛黄。我当时就想知道造成这两种不同结果的原因，最后蹲在地头认真观察和分析，终于发现，长在左边的麦子临着大路，有充足的阳光，而且旁边有一堵矮墙挡住了风。这仅仅是一畦麦子，和其他麦子相比它们的生长条件是优越的，所以长势也明显优于其他麦子。麦子的生长受阳光、水分等外界条件的影响而产生差异，人才的成长何尝不是这样的呢？近年来我们的企业面临着大好的发展前景，随着企业的扩张每年都要引进一大批大中专毕业生来完善我们的人才结构。作为施工企业，我们要做好人才的赓续，减少人才的流失，发挥人才的最大效益，为他们提供成长的空间和成才的平台。"橘生淮南则为橘，生于淮北则为枳，叶徒相似，其实味不同。所以然者何？水土异也。"橘子的生长需要适宜的土壤。为人才创造一方沃土，让每一粒豆子都长成庄稼而不是豆芽，让每一位有才华的青年员工在企业的发展中都能够很好地发挥自己的作用，成为中流砥柱，是企业管理者要努力去做的重要工作。

"把根留住"

做人做事必须要把根留住。一棵大树要枝繁叶茂,就必须深深扎根于脚下的那方沃土。

一次工作之余,和同事去山上检查一石碴厂生产情况,无意中发现一株植物,枝干青翠,叶片饱满,煞是可爱。当时因为没有准备工具,就随手扒开周围的山石,却刨不到根。我便用手把它拔出,也没有考虑到部分根系及根皮已伤,便高兴地把它带回来栽种到项目部院子里。那天正好是个周末,妻子和儿子从西安来看我,从家里用花盆也带来一株植物。由于在火车上受到挤压,枝叶已被损坏,我也一起把它栽到院子里。浇水、施肥,精心照料了一段时间。

可好景不长,野外那株原本长势见好的花,枝干和叶片一天天泛黄、枯萎,直到最后死掉。倒是儿子送我的那株,尽管开始时瘦小,很不被看好,最后竟奇迹般的苍翠欲滴起来。我看了觉得纳闷,仔细一想原来是移栽的时候破坏了它的根系,一株没有根的花怎么能够存活得长久呢?

做人做事必须要把根留住。一棵大树要枝繁叶茂，就必须深深扎根于脚下的那方沃土。我总喜欢把我们的企业比作一棵根深叶茂的参天大树，而企业的根是每一位忠诚的员工。大树没有根就会停止生长，而企业没有员工就没有了发展的基础，就会在竞争中被淘汰。所以，我在现在工作的项目部一直提倡一种家庭文化，营造一种和谐的家庭氛围。每位员工过生日都会提前收到一份礼物，并于生日的当天，大家一起为他举办生日宴会，送去爱的祝福。总之，让我们的员工感受到企业的关爱多一些，我们企业的人气自然就会更旺一些，发展的步子就会迈得更快一些。

"用心"不必"费心"

世界上的万事万物,"用心"不专,必然"费心"劳神。心浮气躁,必然费心思量。

前几天,我随手翻阅荀子的《劝学》篇,心里默念"蚓无爪牙之利,筋骨之强,上食埃土,下饮黄泉,用心一也。蟹六跪而二螯,非蛇鳝之穴无可寄托者,用心躁也",很受启发。物犹如此,人何以堪!世界上的万事万物,"用心"不专,必然"费心"劳神。心浮气躁,必然费心思量。

一直以来,可能是由于长期从事铁路建设的缘故,习惯了做"天涯倦客",常常因筑路如随水飘萍,处于一种"工作即生活,生活即工作"的状态。可转而又想,在我们这样一个注定备尝艰辛,又注定英雄辈出的行业,从某种意义上讲,用心耕耘、苦心经营,不只为"稻粱谋",更是责任使然。

"用心"不必"费心",责任心是坚持的理由。每个人都不是一座孤岛,千丝万缕中有必然的联系。每当为工作身心疲惫的时候,我从心底反复告诉自己,我不是一个人在奋斗,除了体贴入微的家人，还有相互扶持的团队。只要团队中人人"用心"，这个团队就能凝聚人心，就不必"费心"管理。每次我都靠着这种看似不经意的心理暗示度过了那些令人难以忘怀的岁月，这其实就是"用心"的力量，就是责任的力量。正因为如此，不管是寒风凛冽，在郑西客专工地夜间巡查，还是炎炎夏日，在沪杭客专工地现场盯控，我和我的团队十二分地用心，生怕浪费宝贵的时间。责任心促使我们全身心投入高速铁路建设事业，不敢有丝毫松懈。

孟子讲，人生有三件"乐事"："父母俱存，兄弟无故，一乐也；仰不愧于天，俯不怍于人，二乐也；得天下英才而教育之，三乐也。""一乐"说的是亲情，"二乐"是做人，"三乐"是事业和雄心。越是夜深人静的时候，越是筑路人寂寞孤独的时候，思念亲人、感恩企业自是人之常情。我自己也常常思索："对家人的爱，就是管好自己不惹事；对企业的爱，就是尽职尽责不出错。"这爱就是责任，就是和谐，就是对家人的绵绵思念，就是对企业的一腔热忱。只有"用心"经营家庭，才会"用心"投身事业，奉献企业。正是有了这种义不容辞的责任感，才能把企业和家庭、事业和亲情紧紧联系在一起，才能在困苦时不忧愁，孤独时不寂寞，一切的付出都会成为人生当中不可抹去的精神财富。若干年前，我在郑西客专工作时，项目部员工一直将"四个警惕"作为座右铭，即警惕对人不知感恩、对物不知珍惜、对事不知尽心、对己不知克制。以此营造了浓郁的"郑西是个大家庭,我是家庭的一员"的"家庭文化"氛围。现在,每念及此,如数家珍,我们在筑路过程中结成的真挚情谊至今铭记。

"用心"不必"费心",进取心是成功的动力。现代社会发展日新月异,只有不断进取,才能在关键时刻抓住机遇,谋求自身的全面发展。心态可以决定状态。"但见时光流似箭,岂知天道曲如弓。"成功的道路注定是曲折的,然而主动争取,全身心投入之后,才能体会到天道酬勤,功不唐捐的快慰。当我们知道了"事非经历不知难",当我们明白了"只有泥泞的道路,才能留下坚定的足迹",一切辛劳、苦劳、操劳、疲劳都将成为功劳。正如筑路人看着一座座墩柱拔地而起,一片片箱梁凌空飞架,激情与汗水一同挥洒,喜悦与鼓舞细细回味。我过了不惑之年,还时时警醒自己不要虚度光阴,曾经写过一篇题为《在状态 有激情》的文章,说道:"做就做到位,做不到位就等于没做;干就干到最好,干不好就等于没干。"这个理念就暗含了"用心"二字。凡事怕"用心",用心了,认真了,功到自然成;反之,没有"用心",事情做不到位,造成返工浪费,就需要"费心"去补救。有一次,我到武汉设计院办事,欲上18楼,但在1楼我没有"用心"留意电梯提示,见电梯就乘,结果上去才发现该电梯只停单层,最后往返换乘两次才到达目的地,与人见面整整晚了10多分钟。事情虽小,但从中无不窥见不"用心"就得"费心"的道理。

思路能够指引出路。凡事预则立，不预则废。常言说："船到桥头自然直。"船到了桥头真就自然直了吗？其实不然。只能掌舵者提前发现前方有桥挡住了去路，提前"用心"应对，否则真等到了桥下，即使再"费心"，也是枉然。任何困难，如果不提前具体、深入地分析，就会觉得不能逾越，其实真的被分解、细化后，它们都成了"纸老虎"。

"天下难事，必做于易；天下大事，必做于细"，做事情要从小处着手，然后循序渐进。作为建筑施工企业，安全质量管理是重中之重，如果我们在日常管理中坚持"用心"管理，把每项工作都"用心"做到位，把所有安全质量隐患都消灭在萌芽状态，其结果自然就不必"费心"。正如人生这个大舞台，每一个阶段都需要精心地策划，都需要脚踏实地、持之以恒，把自己调整为最佳的精进状态。唯其如此，才能一步一个脚印把自身的潜能发挥到极致，把人生的角色装扮得精彩。在沪杭客专建设的日日夜夜里，我们坚持的就是"只为成功找对策，不为失败找借口"的理念，争分夺秒，挑战极限，攻克了一个又一个拦路虎。在工程节节推进的过程中，参建员工同时也经受了人生的历练，人生的价值得到升华，体验了"用心"与"费心"之道。

"用心"不必"费心"，平常心是处事的姿态。平常心也要"用心"修炼才会拥有，不然你的心就平静不下来，更无法做到气定神闲，必然日日"费心"劳神。要有"平常心"，就是要学会宽容,只有宽容才能从容,只有温暖地待人,才能赢得对方善意的微笑。猛然记起著名国学家曾仕强教授解读《易经》的一句话:"纯善容不了自己,纯恶别人容不了你。"抱怨解决不了问题,一味抱怨只会让事情变得越来越糟。可见万事万物有舍才有得,有对亦有错;可见人生最难能可贵的是有一颗平常心。好在这种心态,操之在我,既是奋斗之后的淡定,又是付出之后的从容,而这淡定和从容又是人生至高的境界。

说到这里,我的这篇自认为有一些见地的"用心"之作,似乎不必"费心"思量读者的好恶了吧!

原载《铁路建设报》2011年6月8日第4版

"挖坑"的启示

团队建设要抓好四个层次：一要抓好班子建设，它是建设优秀团队的关键；二要选好中层，能力较强的中层，他们是团队取胜的中流砥柱；三要评先选优，他们是成员学习的榜样、旗帜；四要加强员工培训，不断提高他们的业务素质，培育大家的团队意识。你可以小看一只蚂蚁，但你决不能小视一群蚂蚁。

从来没有想过"挖坑"和团队建设之间会有什么必然联系，一种时下正在流行的娱乐方式和最前沿的企业管理模式似乎风马牛不相及。可时间一长，仔细琢磨琢磨，这两者之间竟有着惊人的相似。

不信你看，拿到手里的牌，如果没有3，没有2，也没有红桃4，即使其他的牌再好，但常常因为没有出牌的机会而不可避免地处于劣势。反过来，要是满手拿的都是杂乱的小牌，这时候单靠发挥3和2的作用，来调整出牌的先后顺序，获得主动权，以此来扭转不利的局面，也往往很难转败为赢。因为一副牌中 3 和 2 毕竟有限，若小牌多且凌乱，那将需要多少大牌，才能出完一局牌并战胜对手呢？在牌场经常会听到这么一句口头禅："三个 3 必挖翻。"道理就在其中。"挖坑"是这样，其实团队建设也是这样。3 代表整个团队中的领导层，领导具有决策权，做好全局工作的统筹规划，有时候领导的一句话就可以改变整个团队的方向，因此领导是带领好一个团队的舵手。要打造一支优秀的团队，没有坚强的领导不行，它就像一副牌必须要有 3 一样。2 代表的是团队中的中层，也就是管理层。一个团队，事无巨细，不可能都让领导去做，所以必须有所分工。2 就是执行领导层决策和指导、服务作业层的中间环节，许多具体事情让中层去解决处理就够了。这既可以节省主要领导的精力，还可以让领导把主要精力用在关键地方。当然红桃 4 代表的就是一个团队中敢于建言、敢为人先的优秀成员，其他牌就相当于团队中的每一位员工。试想一个集体，如果每个成员只想自己的事情，不注重自己素质的提高，而一味地我行我素，没有集体观念和大局意识，这样的团队也只会是一盘散沙，没有强有力的战斗力。一副好牌，是有 3、有 2，其他牌也都比较整齐，最好再有个红桃 4，这局牌的取胜往往就成为定局。因此一个有战斗力的团队必须同时具备好的领导层、管理层和作业层及优秀个人，这样的团队才会有凝聚力，才能在竞争中战胜对手。所以团队建设要抓好四个层次：一要抓好班子建设，它是建设优秀团队的关键；二要选好中层，能力较强的中层，他们是团队取胜的中流砥柱；三要评先选优，他们是成员学习的榜样、旗帜；四要加强员工培训，不断提高他们的业务素质，培育大家的团队意识。你可以小看一只蚂蚁，但你决不能小视一群蚂蚁。在现代商战中，团队精神将决定着企业的兴衰成败。

这就是我从"挖坑"中得到的一些感悟。

格物感悟

学会比较

卡耐基说:"生活中的许多烦恼,都源于我们盲目和别人攀比,而忘了享受自己的生活。"比较没有赢家,幸福不是比出来的,而是自己过出来的。

"比较之幸福,比较之痛苦",这是有一次我因崴脚去医院做理疗时听到一位老婆婆讲的一句话。原来十几年前她的老伴患中风而半身不遂,生活无法自理,需要她长年照顾。从此,她几乎每天都要推着老伴做康复理疗,寒来暑往,从不间断。每当有人问:"你辛苦吗?你幸福吗?"她总是不假思索地说:"我每次推着他,时刻感到他在我身边,只有这样我才觉得踏实。当前社会许多夫妻闹矛盾,尤其是婚龄较长的夫妇,女人总怕男人有外遇,搞得疑神疑鬼,以至于整天吃不好、睡不好。虽然我老伴有病,尽管自己辛苦点,但一年到头能够和自己的爱人相伴在一起,少了猜疑,没有了嫌隙,自己心情好,彼此都很快乐。因此,幸福和痛苦都是相对的,就看你用怎样的方式去比较和理解。"

真是大道至简。再次回味一下那位老婆婆朴实无华的言语，并由此仔细品味短暂的人生和当下的生活，可不都是这样的吗？在日常生活中，人们时常感到不如意，究其原因主要是喜欢和别人比较：往往是看到别人平步青云，事业亨通，心中起了不如人的想法，因此自寻烦恼，多了许多不必要的忧虑。俗话说："人比人，气死人。"有时候为了争名夺利，争取更好的待遇，甚至仅仅为了争一口气，而计较到底，添了许多不必要的烦恼。

动物学家发现，如果一个环境中只有一只翠波鸟时，它的巢穴则刚好够它居住。可一旦闯入第二只，它们便会争相筑巢，最后相继累死在筑巢过程中。

生活中，很多人就像翠波鸟一样。上学时比成绩，工作了比工资，结婚了比孩子……只要心有不甘，就会在无尽的攀比中消耗自己。正如《人性的弱点》中写道："生活累，一小半源于生存，一大半源于攀比。"

自以为家财万贯，是世间的富豪，但尚有更富有的人在，更不必说富贵如流水。"昔人豪贵信陵君，今人耕种信陵坟。"自以为地位显赫，是社会上的权贵，但殊不知人外有人，天外有天。如果永远和人比较，发现有胜过自己的人，就一蹶不振；看到不如自己的人，就沾沾自喜，如此下去又怎么能够得到真正的幸福呢？没有了正确的比较，就生活而言，也就无所谓幸福和痛苦。但生活又是非常现实的，无时无刻不存在着比较，个人在比较中求生存和发展，整个社会在与历史上的其他社会形态的比较中求得繁荣和进步。比较是客观的存在，就比较而言无可非议，但怎么比，比的时候要保持怎样的心境，就非常关键。笔者受那位老婆婆的启迪，认为学会比较、掌握比较的方法很关键。正所谓，会比就幸福，不会比就痛苦。甚至更为严重者，在自己狭隘的比较中选择自杀，结束生命，给家人和朋友留下无尽的痛苦。

学会比较，我认为：首先，自己要给比较做好定位，你是想通过比较给自己带来幸福，还是痛苦？比较在于学习，在于获得快乐和幸福。发现别人优点的过程，就是心无负累地获得快乐和幸福的过程。所以，你可以"临渊羡鱼，不如退而结网"，你也可以"见贤思齐，见不贤而内自省"，但切不可这山望着那山高。

其次，要看比较时自己的处境和心情。培根说："逆境的美德是奋发，顺境的美德是节制。"因此处在不同的境况，就要调整好自己比较的方向和心态。体味生活，不妨在痛苦时、失败时，多想想开心的事情和自己的长处；得意时、成功时，多想想教训和自己的短处。练达人生，不妨效仿"达则兼济天下，穷则独善其身"这样乐天达观的人生旨趣。

再次，比较离不开自己给自己选择的目标。这里所讲的目标不能脱离实际，既有追求，又不必苛求，眼睛向下，面对现实，才能真正有所求。"鱼入水能游，禽上天能飞。"因此我们一定要了解自己的性格，你拥有鱼儿的性格便请于水中觅食，不要羡慕天空中的飞鸟翱翔；你拥有鸟儿的性格，那就别往深海潜水，做一只空中飞鸟，不羡慕水中游鱼。目标既定，就不会因"缘木求鱼"而遭到别人的非议。

最后，比较要选好参照物。在不同时段比，和不同人群比，才能显示出比较的价值。有一首打油诗写得很通俗，又很玄妙："你骑马来我骑驴，看看眼前我不如；回头一看推车汉，比上不足下有余。"

卡耐基说："生活中的许多烦恼，都源于我们盲目和别人攀比，而忘了享受自己的生活。"比较没有赢家，幸福不是比出来的，而是自己过出来的。你看一样的吃饭、穿衣，一样的执着事业、创造财富，唯有正确的比较能使我们比出好心情，比出健康人生，比出快快乐乐的每一天。其实只要掌握了比较的要义，真正学会了比较，人生自然就变得多姿多彩。

原载《铁路建设报》2011年11月9日第4版

度，就是恰到好处

无论是说话还是办事，要掌握适度的原则，学会把握分寸，做到恰到好处。也只有领悟恰到好处的智慧，才能在说与听、思与行、进与退、得与失、屈与伸、取与舍中，掌握好度，才能在激烈的竞争中立于不败之地，成功自然水到渠成。

度，有许多解释，其中在哲学中解释为：度是质和量的统一，是事物保持其质和量的界限、幅度和范围。量变与质变之间区别的根本标志在于：事物变化是否超出了度。

《红楼梦》中写道："世事洞明皆学问，人情练达即文章。"中国人自古说话和办事讲究度，这个度就是恰到好处。

任何事情恰到好处就是最好的，过与不及都有遗憾，因为不及就是欠缺，超过就是浪费。水烧到100度，为开水，没有达到100度，即使99度也不可能沸腾，就不是开水。但烧开的水如果继续加热，就会变成水蒸气，不仅浪费能源，更甚者还会烧坏锅导致火灾。又比如，在买卖东西过程中，传统计量中使用杆秤称量：如果买家想多占便宜，秤太高，秤砣必向盘中滑落；如果卖家想多占便宜，秤太低，秤砣必滑落到地。秤，只有以水平为标准，上下控制在一定幅度范围内，才能实现公平交易。这个幅度范围就是度，就是恰到好处。

实际上，国人传统的智慧都用在了保持这个恰好的度上，也是我们的祖先喜欢并擅长的思维方式和处事态度。老子在《道德经》中写到"物壮则老"，即向我们说明一个人生道理：做任何事情都不要过头，太过头就会走向反面。当我们获得成功或是取得成绩时，不可沾沾自喜，更不可狂妄自大，而要掌握适度原则，否则就会朝着相反的方向转化。人们经常所说的"乐极生悲"一词，就是用来形容那些得意忘形之人的，它也给我们敲响了警钟。《道德经》还写到"企者不立，跨者不行"，意思是踮起脚，用脚尖站立，可以一时让自己变得更高，但用脚尖是难以长时间站立的；跨是为了加快速度，但是跨的结果往往适得其反，因为这么一跨就走不了路了。可见，在现实生活中，做任何事情，只有把度把握到恰到好处，才能避免自己的行为和结果过于对立，不至于落个吃力不讨好、事与愿违的结局。

要将度真的把握到恰到好处，说起来容易，但要在日常生活中拿捏好，就不是一件简单的事情。这就需要我们在工作和学习中，不断积累知识，不断加强自身修炼，不断向他人学习，领悟恰到好处的智慧，并不断践行。一是为人处世不要太过分，不要走极端。一个易冲动、爱走极端的人，不仅不会取得成功，而且会把已经取得的成功断送掉。所以，永远都不要走极端，更不要从一个极端走向另一个极端。二是我们不管做什么事情都要恰到好处。厨师烧菜要讲究火候；生病服药，也不能好药大把吃，要掌握剂量；批评、表扬要注意分寸，过分与不及都是不好的。三是恰到好处不是中庸，不是四平八稳、不作为，而是收与放的平衡。张扬不等于张狂，正直不等于愚直，有舍有得，舍得有度，在对立双方中寻求一个恰到好处的度。

总之，无论是说话还是办事，要掌握适度的原则，学会把握分寸，做到恰到好处。也只有领悟了恰到好处的智慧，才能在说与听、思与行、进与退、得与失、屈与伸、取与舍中，掌握好度，才能在激烈的竞争中立于不败之地，成功自然水到渠成。

原载《铁路建设报》2013 年 11 月 6 日第 4 版

从把开水放凉想到的

我们在工作和日常生活中,一定要遵循事物发展的规律,凡事切不可急于求成,火中取栗。只有精进不休,才能收到事半功倍的效果。

常言道:心急吃不了热豆腐。为了身体健康,人们提倡喝热开水,但有生活经验的人都知道,开水是不能热着喝的,必须放温、放凉后才能喝,否则不利于身体健康。就是这些容易被人忽视的平常小事,我们只要细心观察就会发现,把热东西放凉的过程其实包含着大学问,这其中的道理对我们工作和生活大有裨益。

笔者不揣浅陋,现就四点切身感受罗列于此,一要透过现象看本质,二要营造环境,三要主动作为,四是功到自然成,并借此以期求教于方家。

一要透过现象看本质。水沸腾有两个条件,第一是达到沸点,第二是通过热源继续吸收热量。所以要把沸腾的水放凉,前提就是要拿掉加热源,釜底抽薪,而不是扬汤止沸。扬汤只能处理表面现象，起到暂时止沸的作用，而不能从根本上解决问题。因此，在日常遇到棘手问题或突发事件时，我们一定要沉着应对，要透过现象看本质，从源头找对策，抓住问题的要害。也就是说，擒贼要先擒王。

二要营造大环境。同样一杯烧得滚烫的热开水，夏天放凉和冬天放凉需要的时间相比较，当然是夏天时间会更长些，原因大家都知道。古人云：橘生淮南则为橘，生于淮北则为枳，水土异也！把黄豆种在地里是庄稼，种在花盆里是豆苗。因此，在我们工作和生活中要促成一件事情朝着自己预期的方向发展，那就必须在营造环境上下功夫，营造有利于事物发展的环境。

三要主动作为。在自然中，当一杯开水不断搅动或者不断地从一个杯子倒入另一个杯子时，加快了空气流动速度，让开水放凉时间大大提前，这肯定比自然冷却的速度要来得快。因此，在工作和生活中一定要以我为主，主动作为，对待困难，有条件要上，没有条件更要创造条件上。一味苦等开水变凉，最后的结果就是硬生生地把黄花菜放凉了。

四是功到自然成。开水放凉，我们尽管通过采取措施可以加快降温，但这一过程总还需要一定的时间。《道德经》中有这样一句话"企者不立，跨者不行"，意思是说踮起脚想要站得高，反而站立不住，迈起大步想要前进得快，反而不能远行。因此，我们在工作和日常生活中，一定要遵循事物发展的规律，凡事切不可急于求成，火中取栗。只有精进不休，才能收到事半功倍的效果。

原载《铁路建设报》2016年11月23日第4版，又见《施工企业管理》2017年第4期（总第344期）

奢侈品

我今天说的奢侈品既是生活必需品，又具有以下几个特点：平常，司空见惯，大众化，但是用钱买不到。

什么是奢侈品？奢侈品（Luxury）在国际上被定义为"一种超出人们生存与发展需要范围的，具有独特、稀缺、珍奇等特点的消费品"，又称为非生活必需品。奢侈品具有以下四个特点：富贵象征，视觉感，个性化，能够用钱买得到。我今天说的奢侈品既是生活必需品，又具有以下几个特点：平常，司空见惯，大众化，但是用钱买不到。在我看来，真正的奢侈品，是亲情，是光阴，能让平常永远相伴，一切安好！

我们表达友好的交流方式，在突如其来的疫情下，变得非常奢侈。比如，司空见惯的一个握手、一个拥抱、一次促膝谈心，还有体现浓浓年味的走亲访友，亲朋聚会时的对酒当歌……现在变得不可能。不是人与人拉开了距离，也不是人与人缺乏了信任，而是在疫情面前，只是为了你平安我无恙，你我安好是彼此最大的心愿。

曾记得父亲病危时，手术完毕，家人希望他能重新站起来便是奢侈；当不能行走，期盼他能坐上轮椅度过余生，便是儿女奢侈的期盼。可老人既没能重新站起来，也没能坐上轮椅，而是在病榻上离我们而去。现在年迈的母亲的日常生活起居，如起床、穿衣、如厕等对常人而言轻而易举的事情，她却不能独自完成，必须在专人配合下才能付诸实施。如今，希望母亲能够生活自理又成为奢侈。

奢侈品不是稀罕的、昂贵的，也不是用来炫耀的，而是生活必需品且用钱永远买不到的。千金散去还复来；光阴一去不复返；寸金难买寸光阴。我过去也经常讲，要活在当下，珍惜眼前。然而我只把它当作人生哲理。这次突发并迅速蔓延的疫情，让我们思考这样一个问题：明天和无常哪个先到？活在当下尤显重要。让平常不再无常，让习以为常的生活能够一如既往，显得又是多么宝贵。我们必将战胜疫情，它也带给我们深刻的改变，如对生活的思考、对生命的珍贵、对人对事的包容……

生命没有第二次，人生没有彩排，每一刻都是直播。珍惜眼前的一切，迎接朝霞，沐浴阳光，一呼一吸，欣赏花开花落……拥有这些奢侈品，过好每一天。

祝你、我、他、她，一切安好！

2020 年 2 月 7 日

比较之幸福

一个人对生活期盼越简单越迷人,人心越简单就越幸福!人活到极致,就是过平常日子,与有缘的人相遇,与舒服的人相处,不必刻意,不须苛求,从心所欲不逾矩,从而获得幸福感!

幸福就是这么简单。新冠疫情期间,由于小区实行封闭管控,自己和家人是"红码"人群,连续五天被封在家里,又时常要做核酸。难免怀念起那些拥有健康的寻常日子。

什么是幸福?这个世界变化万千,实际真正的幸福,就是过上平常的日子:拥有自由,没有意外发生,能够看到明天的太阳升起!等到的是一个阳光灿烂的明天,而不是无常!其实一个人对生活期盼越简单越迷人,人心越简单就越幸福!人活到极致,就是过平常日子,与有缘的人相遇,与舒服的人相处,不必刻意,不须苛求,从心所欲而不逾矩,从而获得幸福感!

咀嚼困境

后来也多次尝试找那户人家，那位老大妈，以谢救命之恩，但始终没有找到。一是儿时对那户人家所在的方位记忆不清，二是山上居民搬迁。至今我见到山上独户的民居，仍不由自主地想到她！

童年，饥饿时和小伙伴分吃的搅团，那碗救命的搅团，尽管平常，但感觉吃得最香，今生难忘！

记得儿时我是个娃娃头，有一次，带了两个比自己还大一岁的四年级同学去山里（家距离山里有五里地）割韭菜。早上出发去山上，韭菜不仅没弄到，到下午了还没有找到回家的路。由于当时每家都穷，出门也没有多带吃的。饥渴一天的我们三个四年级学生，竟在大山里迷了路，像无头苍蝇一样团团转，却找不到回家的路。正当我们极度恐慌、饥渴难耐之际，遇到了一位在山上拾柴的大妈，她把我们带到了她家里，把留给儿子的搅团分给我们吃了，饭后还把我们送了一程，给我们指出回家的路。我们几个到家已是傍晚，家人正在四处找我们。现在回想起来，那碗搅团是我吃过的最香、最难忘的一碗饭！考上大学，工作后，我经常会想到挽救自己生命的那碗香喷喷的搅团，那碗救命的搅团。后来也多次尝试找那户人家，那位老大妈，以谢救命之恩，但始终没有找到。一是儿时对那户人家所在的方位记忆不清；二是山上居民搬迁。至今我见到山上独户的民居，仍不由自主地想到她！

努力做个开悟的人

开悟了，想通了，便会慢慢明白：世间没有天生合适的朋友，只有真心换来的知己；没有随心所欲的如愿，只有十之八九的称心。有些事，轻轻放下，未必不是轻松。有些人，深深记住，未必不是幸福。有些痛，淡淡看开，未必不是历练。

人生有许多烦恼，就是因为想不通，看不开，活在自我矛盾和纠结中，一旦开悟了，就会明白一切，想通一切。"水至清则无鱼，人至察则无徒。""看山是山，看水是水。"归根结底，就是思想观念的问题。只要能解开思想的疙瘩，必定就能开悟！

事能知足心常惬，人到无求品自高。年龄带给我们的是通透。开悟了，想通了，便会慢慢明白：世间没有天生合适的朋友，只有真心换来的知己；没有随心所欲的如愿，只有十之八九的称心。有些事，轻轻放下，不一定是真的解决了，而是我们认为就这样吧，还是算了，这未必不是轻松。有些人，深深记住，未必不是幸福。有些痛，淡淡看开，未必不是历练。风景再美，不在眼前，也是枉然。坎坷路途，给别人一分温暖；风雨人生，给自己一个微笑。历史长河没有绝对的对，也没有绝对的错，而人生苦短就更不用说，波澜起伏，时也，命也，运也！不必去纠结，心不累就是方向。生活，就是体谅和理解，把快乐装在心中，随缘入静，慢慢扩散！

开悟了，看开了，想通了，就会明白：走在人生的路上，一切皆是命中注定。最好的处世态度便是随缘，顺其自然，用心甘情愿的态度，去过随遇而安的生活，不为往事忧，不为未来虑，只为眼前笑。

简简单单，如此而已！

对别人的话不一定要太在意

凡境皆心造,烦恼由心生。生活中,你在意什么,什么就会折磨你。生活本来就不易,不必事事在意别人的言语,静静地过自己的生活。心若不动,风又奈何。你若不伤,岁月无恙。

夏天的一个傍晚,我走出酒店,不多远遇到一位好久没有见的同事,便寒暄了几句。道别时,他却说:"你刚才干啥了,热得满头大汗?"他的言语让我一时不知所措,因为吃饭时包间有空调,哪有汗可出,但考虑既然他说了,我只好附和道:"刚才走了一会儿路,热得很。"

在回来的路上,既为自己随机应变的回复暗暗得意,同时闪出一个念头:"别人的话一定是真相和事实吗?出没有出汗自己最清楚,为什么要附和别人的话呢?"在日常生活中,对别人非原则的话不要太在意,否则往往是自寻烦恼。

还有一个真实的事情,就发生在我弟弟身上。有一天上午弟弟单位组织体检,下午他取体检报告时,医生告诉他,他肺部有问题。弟弟得知后,立马垂头丧气地回到家,唉声叹气。

为此，弟媳让我劝劝。我就立即与弟弟电话联系，问他这段时间的身体状况，有没有什么异常情况。他说一切都好着，只是听医生说片子有问题。我说那你的身体绝对不会有问题，可能是搞错了，让他再与医院医生联系沟通一下。结果确实是与别人的片子搞错了。得知真相后，我弟弟好像换了一个人，似打了鸡血，恢复到过去生龙活虎的状态。同样一个人，因为信息错误，前后判若两人。因此，对外界干扰和众多信息，我们一定要自信，要有判断力。结合到日常生活中，我们更不应该太在意扑面而来的各种各样的信息，生活是一个万花筒，关键时刻，自己要有足够的定力，要有一颗不乱的心，不要被假象所迷惑。

杨绛先生说："如果别人说你两句，你就受不了，被两句话干扰得吃不好，睡不好，你想想你得有多脆弱啊！何必计较呢。在乌鸦的世界里，天鹅也有罪。思想不在一个高度，尊重就好；三观不在一个层次，微笑就好。发自己的光，不必在意别人的流言蜚语。不要和重要的人，计较不重要的事；不要和不重要的人，计较重要的事。记住，你的人品是你最好的运气，你的心态是你最好的风水。"

所以啊，人生在世，能干扰你的，能折磨你的，往往都是自己的太在意。正所谓：凡境皆心造，烦恼由心生。生活中，你在意什么，什么就会折磨你。生活本来就不易，不必事事在意别人的言语，静静地过自己的生活。心若不动，风又奈何。

你若不伤，岁月无恙。

当然，在我们什么都不懂的情况下，想要从他人身上学习到知识和经验，需要去在意别人的经验传授；还有对别人心怀善意的批评，也需以忠言逆耳利于行的心态，去聆听他人的人生启迪和教诲。

由梯子想到的

梯子的作用告诉我们,要想升高,必须要有一个明确的目标。就像梯子需要有一个顶端才能够有方向一样,人生的奋斗也需要有一个明确的目标。

梯子是一种便于人上下的日常生活用具,一般由两根长粗杆子并排做帮,中间穿插若干适合攀爬的横杆组成,用于爬高。

梯子看似结构简单、形式单一,但其设计却有着严格的比例要求。一是上窄下宽的形状,使梯子整体的重心不易落到梯子在地面上的两支撑点以外,这样梯子就不易侧倒,更加稳定;二是根据梯子高度选择两个主帮长度,确定上下横杆的间距,以及材料、大小,然后设置一系列的梯级将人或物体从低处升到高处。比如做一个直行梯,一般高度应该是 400 厘米左右,宽度一般是 80 厘米。这样设计比较合理,一次可以通过一个人。在这个高度范围内,可以做 8 到 9 个踏步。从梯子的原理可以悟出许多哲理,比如组织机构设置、企业的发展、人生成长等。

梯子与组织机构设置。梯子有两个主帮，犹如单位两个主要领导，相互补台，相互制约，相互依存，避免一个主帮失稳，一个领导独断专行。同时梯子中间的横杆也有讲究：太密，既浪费材料，又阻碍上下行走；太疏，又无法爬高。比如4米高的梯子中间只设置两个横杆，那只能令人望梯兴叹，成为摆设。企业单位组织机构设置和人员编制异曲同工，也应该从实际出发，合理实用，既不能因为精简人员机构，就搞一刀切，把机构人员简到成为摆设，更不能因人而异设岗设人，造成机构重叠，人浮于事。

梯子的作用告诉我们，要想升高，必须要有一个稳定的基础。就像梯子上窄下宽呈梯形，比较稳定；用料上，上细下粗，同样还需要有一个坚实的地面才能够立稳。人生的奋斗也需要有一个坚实的基础，那就是厚积薄发，才能够行稳致远。这个基础可以是良好的家庭教育、优秀的学习成绩、丰富的社会经验等。只有在这个基础上，才能够有更好的发展。

梯子的作用告诉我们，要想升高，必须有一个明确的目标。就像梯子需要有一个顶端才能够有方向一样，人生的奋斗也需要有一个明确的目标。目标是人生的方向，是大海中的指南针，是沙漠中的北斗星。没有目标的生活，就像一艘没有船长的船。这个目标因人而异，目标不高不低，现实就行。只有在有了明确的目标之后，才能够有更好的前进方向。

要学会借力。梯子必须底部安放在坚固的地面上，顶部搭在固定的高度上，这样才能够发挥作用。人借梯子登高，梯子借力实现它的价值。"假舆马者，非利足也，而致千里；假舟楫者，非能水也，而绝江河。君子生非异也，善假于物也。"

原载《陕西工人报》2023年9月23日第4版

赠人玫瑰何须留香

对曾经帮助过的人，给予过关心的人，不寄予厚望，不寄予回报，赠人玫瑰，不在意手上有没有余香，自己就会活得轻松。知恩图报者大有人在，忘恩负义者也为数不少。不在意余香，只觉得自己送得：我愿意，我无悔，至于别人如何并不在意。

"赠人玫瑰，手有余香"是印度古谚，是说赠人玫瑰之手，经久犹有余香。这句话在我们日常生活中经常被引用，让大家明白付出会使自己快乐。例如，方便了别人的同时会给自己带来方便，成就了别人的同时会提升自己。

但在日常生活中也常发现一些人引用这句话，表达无奈之举，即赠人玫瑰，还有余香在手来安慰自己；或者一种抱怨情绪，指责他人没有感恩之心。我认为凡此种种大可不必，赠人玫瑰，何须留香。

送就是舍得。把自己心爱之物赠予别人，不再拥有，不再属于自己。把舍得，当成一粒种子，放在心田，便是做人的慧根。

送就是心甘情愿，一种意愿表达。既然实现了意愿，就是实现了自己的快乐。

送就是一种付出，只问耕耘，不问收获，我愿意，不在意回报。

只有调整自己的心态，我们才会对自己曾经帮助过的人，对自己给予过关心的人，不寄予厚望，不寄予回报，不在意有没有余香，自己就会活得轻松。知恩图报者大有人在，忘恩负义者也为数不少。不在意余香，只觉得自己送得：我愿意，我无悔，至于别人如何并不在意。这样的送，才是一种境界，才是自己的真心实意。

负面情绪是最重的行囊

现实生活中，许多事情告诫我们，尽管不成功的原因有许多，但不积极奋斗，不勇于作为，拥有太多的负面情绪，才是我们人生事业和生活最主要的绊脚石和最重的行囊。

十年前组织安排我到成都中铁二院挂职锻炼。有一次周末，几个朋友相约去爬山。

行至半山，看见有位少年坐在亭子里哭哭啼啼，他的父亲与他不断沟通。出于好奇，同时自己也累了，就坐在一旁听他们父子交流。原来孩子爬山到中途，不愿意继续往前走，说自己太胖爬不动了。父亲说："你不愿意继续登山，不是你的体重，而是你的负面情绪，总认为自己肥胖，这就成了不愿意继续登山的借口。恰恰相反，正是你不愿意锻炼才导致肥胖，你不愿意运动这一负面情绪才是你最重的行囊。"

在父亲的谆谆教诲和鼓励下，这个男孩继续登山。行至山顶，我们又相遇了，我给孩子竖起一个大拇指，男孩看到我也会心一笑，摆了一个胜利的手势。

十多年过去了，虽然时过境迁，但男孩父亲说的"负面情绪才是最重的行囊"这句话，一直萦绕在我心间。

现实生活中，许多事情也告诉我们，尽管不成功的原因有许多，但不积极奋斗，不勇于作为，拥有太多的负面情绪，才是我们人生事业和生活最主要的绊脚石和最重的行囊。负面情绪无孔不入，当遇到某些心理压力时，我们便会出现消极情绪，它还会引起逃避、恐慌等问题。

负面情绪的表现形式多种多样。不自信、怕丢脸可能会导致自我否定（如与父亲登山的那个小男孩）和社交恐惧等问题。还有自我怀疑，对于自身能力和价值的怀疑和否定，可能会导致自卑和抑郁等问题。同时，过度或长期的负面情绪可能会对人们的身心健康产生不良影响。

正因为负面情绪有如此多的影响，消解和排除负面情绪就显得非常重要。我认为方法有四：

其一，要正视问题，不要回避和对抗。负面情绪是人类情感反应的一种，人人身上都会发生，只是程度不同而已。所以，控制负面情绪需要从理解情绪开始。真正有效的情绪管理手段，都是建立在对情绪正面作用的肯定上的，承认情绪是自身意识的一部分，要接纳自我，接纳负面情绪，不要和情绪对抗。我们是正常人，遇到不好的情况，是会痛苦沮丧的。学会接纳自己，还要学会接纳别人，允许自己犯错，然后才能心平气和地采用顺水推舟的处理方法，把负面情绪释放出来。

其二，培养积极心态，及时清理负面情绪。正如狄更斯所言："一个健全的心态，比一百种智慧都更有力量。"拥有何种心态，就会走向何种人生。以积极的心态看待生活中的挑战和困难，通过自我调节，积极面对，让自己更加坚强和自信。有句话说得好："如果你不给自己带来困扰，别人也不可能给你困扰。"每个人都会陷入思维波动过多的情况，所以要及时清理内心中的负面想法，不要让自己深陷其中。放宽心，减少顾虑，生活也将更加顺利。陶行知先生说："大雨过后，有两种人：一种人抬头看天，看到的是蔚蓝和美丽；一种人低头看地，看到的是淤泥和绝望。在成长的道路上，我们都会面临烦恼，也会遇到困难。但生活中没有完美的时刻，唯有最佳的心态。"

其三，坚定信心，敢于面对尴尬，勇于挑战。心理学上把沮丧列为负面情绪之一。尼采曾说："一个人知道自己为什么而活，就可以忍受任何一种生活。"一个不怕尴尬的人更有勇气面对世界的挑战，他们把批评看作改进的机会，把嘲笑看作提升的空间。信心比黄金更重要，勇敢尝试，才能变得更加强大。

其四，放下"两个包袱"，活在当下。奥格·曼狄诺在《世界上最伟大的推销员》中说过：我们经常背负着两个包袱，一个是"昨天的烦恼"，另一个是"明天的忧虑"。你可以选择将它们抛入大海或垃圾堆，没有人要求你背负这两个包袱。正如乔治所说："当你关上门时，也将过去的一切都留在门外，然后你可以重新开始。"当你固守过去,你其实是在束缚自己。人生中难免会面临烦恼和痛苦,但如果一直抱怨,只会让自己更加痛苦。正确的做法应该是:对过往无悔,学会清零,对未来可期,充满阳光和希望,并脚踏实地活在当下。

从能读书到会读书

从能读书到会读书，既是读书能力的一次升华，更是人生品位的提升，同时也是我们人生的一次精进。会读书才是提升自己最好的方式。但是会读书不是万能钥匙，还需要日积月累，才能够实现人生质的飞跃。

书是前人劳动与智慧的结晶。它是我们获取知识的源泉。我们要让自己变得聪明起来，必须多读书，读好书。笔者认为读书有两个层次——能读书和会读书。

能读书，一是你会识字，有一定的阅读能力；二是能够静下心来，有读书的意识；三是喜欢读书，能够坚持下来。同时，能读书还受生命限制。常言道，知识无涯，而生命有涯。牙牙学语时，因为不认识字不能读书；等到年迈，老眼昏花，记忆力下降，也就不能读书了。人生读书也有黄金期，也就是能够读书时抓紧时间读，读书在当下，能读书时就要读书，但更要会读书。

会读书将事半功倍，是能读书的升华。其方法如下：一是博览群书后有选择地读书。人常说开卷有益，但笔者认为，在当今社会，鱼龙混杂，各类书籍五花八门，因此读书必须有选择。有些是消遣类书籍，只能让我们打发时间，一般人很难从中学到什么。这类书故事性比较强，却往往缺乏思想性。只有读经典的书，才能做高雅的人；只有读经典的书，才能做有根的人。正如培根所言："有些书可供一尝，有些书可以吞下，有不多的几部书则应当咀嚼消化。这就是说，有些书只要读读它们的一部分就够了，有些书可以全读，但是不必过于细心地读，还有不多的几部书则应当全读、勤读，而且用心地读。"

二是精读慎思。有的书一目十行，了解一下大意即可。有的书比如经典名著就必要精读慎思，旧书不厌百回读，熟读深思子自知。叔本华如是说："光是不停地读书，过后却不深入思考的话，绝大部分知识都会流失，不会在精神中扎根。"古代先圣孔子早就告诉人们"学而不思则罔，思而不学则殆"，告诫我们只有把学习和思考结合起来，才能学到切实有用的知识，否则就会收效甚微。俗话说："授人以鱼，不如授人以渔。"学会读书方法比埋头读书更加重要。

三是完整读完一本书。读好书，读整本的书，每天读书半小时。一本书有它完整的知识体系、逻辑体系和思想体系。因此，读书就要完整读完一本书，不能断章取义，浅尝辄止，否则，就难以提升系统思考能力和逻辑思维能力。如果不能卒读，就很可能对一本书的知识体系以偏概全，一叶障目，不见泰山。

四是勇于践行，做到知行合一。钻到书里出不来的人不能读书，因为他们没有真正将书本知识转化为自己的智慧，看上去什么都懂，却对现实问题毫无办法。这种人读书越多，越愚钝，最终只会成为书虫、书呆子。他们钻进书本里出不来，只思考，不联系实际。他们认死理，认为只有一种方法，脑子不会转弯儿。这种人读书越多越迂，多读书不如不读书。孔子的教育思想也提到，这类人容易"尽信书"，而"尽信书，不如无书"。这就好像秦腔《三滴血》中迂腐不化的昏官晋信书，依据古书中荒诞不经的记载，滴血认亲错判了官司。因此，书呆子应该停止死读书，否则无法正确指导实践。

从能读书到会读书，既是读书能力的一次升华，更是人生品位的提升，同时也是我们人生的一次精进。会读书才是提升自己最好的方式。但是会读书不是万能钥匙，还需要日积月累，才能够实现人生质的飞跃。罗曼·罗兰有一句话说得很好："种一棵树最好是十年前，其次是现在。"想要读书，任何时候开始都不算晚。书山有路勤为径。读书是一个需要长时间才能看到收益的事情。这需要一本接一本地积累，读书对我们的影响也是潜移默化的。我们无法预知哪一本书才会给我们带来改变，只有不停地积累，才能遇见这些享用不尽的美好。就好比吃三碗米饭才会饱，但我们不能直接吃第三碗。

"书似青山常乱叠，灯如红豆最相思。"不要担心会读书的道理知道得晚，害怕来不及。读书从来都没有早和晚，而是赶紧开始，只要做了，肯定会有收获。人生没有白走的路，我们走的每一步路都算数。

原载《陕西工人报》2023 年 11 月 2 日第 4 版，又见《铁路建设报》2023 年 11 月 8 日第 4 版

做就做到位

一是认识要到位。唯有重视，方能认真；唯有重视，才能够激发自己内在的潜质，才能够树立把事情做到位的坚定信心和期到必成的决心。二是态度要到位。态度决定一切，同样的事，态度不同，结果也就不同。所以，想要把事情做好，必须先端正态度。做事要全力以赴，追求完美，做到讲究不将就……

有一天晚上，我给手机充电。第二天开机时，却发现手机一点儿电也没有。仔细一看，原来我在充电时，只是把充电线一端插入电源插座，另一端却与手机"失联"，妥妥的是没有做到位的缘故。还有一次，准备改造老家院子下水管，需要先找到原来的管道，可是挖了几处也没有找到。后来邻居一个知情人过来看了一眼，又量了一下开挖的深度，说道："水管埋深一米二，你们只挖了一米深，怎么能够找到？"由于没有做到位，导致事倍功半。看来，做任何事情一定要做到位，没有做到位，达不到预期效果，就等于没做。

"做到位"属于中性词，在不同的语境中有不同的理解。在企业环境中，指的是员工认真负责、全力以赴地完成各项工作任务，并达到预期目标；在日常交流中，表示一个人或一件事已经达到预期的标准或要求。"做到位"有几层含义：一是按标准做，与标准分毫不差；二是按要求的时间节点完成相关工作；三是尽自己最大的努力，实在没有办法也要借力完成。

  如何才能做到位，笔者认为：一是认识要到位。唯有重视，方能认真；唯有重视，才能够激发自己内在的潜质，才能够树立把事情做到位的坚定信心和期到必成的决心。二是态度要到位。态度决定一切，同样的事，态度不同，结果也就不同。所以，想要把事情做好，必须先端正态度。做事要全力以赴，追求完美，做到讲究不将就。三是标准要到位。要吃透标准，认真解读标准的核心要义和实践要求，同时结合实际工作进行分析、解释，不断沟通反馈，精益求精，以确保工作符合标准。四是检查确认和结果到位。这是做好任何事情的必经程序，也是做到位的最终要求。没有效果的结果，就是没有价值的结果。

方法大于结果

一位哲学家曾经说过一段极富哲理的话："有的门是推开的，有的门是拉开的。如果你拼命地去推那应该拉开的门，除非你将门毁坏，否则你将无法通过它。"

"方法"一词，原指量度方形的法则，现指为达到某种目的而采取的途径、步骤、手段等。

毛泽东曾经以利用桥和船过河为例，强调工作方法的重要性。他说："我们不但要提出任务，而且要解决完成任务的方法问题。我们的任务是过河，但是没有桥或没有船就不能过。不解决桥或船的问题，过河就是一句空话。不解决方法问题，任务也只是瞎说一顿。"

一位哲学家曾经说过一段极富哲理的话："有的门是推开的，有的门是拉开的。如果你拼命地去推那应该拉开的门，除非你将门毁坏，否则你将无法通过它。"生活中很多事情也是这样的，比如篮球是用手拍的，足球是用脚踢的，乒乓球是用拍子接的……不在于反应能力和速度，更在于选对应对问题的方法。方法不对，不仅不能事半功倍，而且还会适得其反，受到处罚。比如你用脚踢篮球，用手接足球。总之，很多时候我们没有找对方向和正确方法，却还总是埋怨问题本身。

正确的方法，得益于对事情本质的认识和规律的把握。庖丁解牛的绝技之所以令人羡慕，就是源于庖丁对牛体结构了如指掌，能"顺其理"，按着牛体骨骼空隙去行刀，做到十九年不用磨一次刀，而解牛效率非常高，无疑靠的是解牛方法。这也就是人们所说的"事必有法，然后可成"。办事有一定方法，才会成功。

现实生活中的一些所谓的难题，也在于你选择的方法。有一对夫妇带着一个六岁的孩子去租房子。他们看中了一处房子，可房东不肯将房子租给他们，原因是她喜欢宁静，从不将房子租给有孩子的人。双方交涉无果，于是那六岁的孩子对房东说："您可以将房子租给我呀，我没有孩子，只有爸爸妈妈。"

还有一件我亲身经历过的事情。当时我担任一个大项目的指挥长，下面一个分部工作出现了一点儿瑕疵，被一个人抓住不放，我们分部多次与其交涉，都没有结果。我得知此事后就约他一起吃饭，先后上了六个菜、八个馒头、四碗米饭。他问几个人吃饭，我说就两个人，他说这么多吃不了，我说你尽管吃。吃着吃着，他说自己明白了，饭是一口一口吃的，切不可为一时之利，断了来日方长。从此以后我们再没有过不愉快，并且我们成了好朋友。

"事必有法,然后可成。"这句名言来自南宋时期的理学家、教育家朱熹。它告诉我们成功的关键,在于找到正确的方法和技巧。"只为成功找对策,不为失败找借口",只要掌握了好的方法,就能够轻轻松松办成事。

综上所述,看来把方法看作人们巧妙办事或有效办事的"定海神针",是何等确切和重要!

"100-1=0"

在工作中，如果一件事的进度为100%的话，那么"1"就是其中的一个环节。如PDCA循环〔美国质量管理专家沃特·阿曼德·休哈特将质量管理分为四个阶段，即Plan（计划）、Do（执行）、Check（检查）和Act（处理）〕有一个环节做不到位不能达到闭环，那么这件事情就是"0"，就是失败。但从人性和情感方面来分析，"100-1=0"，反映的却是人性最残忍的一面。

"100-1=0"是一道富有哲理的数学表达式，正常情况下"100-1=0"肯定是错误的，但是将其用在其他地方就有了不同的诠释。

从社会结果评价体系来分析，百无一失是极为必要的。在工作中，如果一件事的进度为100%的话，那么"1"就是其中的一个环节。如PDCA循环有一个环节做不到位不能达到闭环，那么这件事情就是"0"，就是失败。"千里之堤，溃于蚁穴"是众人都明白的道理。同时历史也无情地告诫我们：成者为王，败者为寇。

记得 2006 年在郑西高铁建设时，我任一个标段的项目经理，为提高大家对安全生产和工程质量重要性的认识，我提出"安全质量出问题一切工作等于零"的口号。因为在各项考核中安全质量出事故实行一票否决，也就是不管你工作多么辛苦、有多少功劳，结果就是"100－1＝0"。

我认识一位人民美术家——王西京先生，我有空了就会去他的画室欣赏他搞创作。他对自己出手的每一幅作品都有严格要求，非常讲究，甚至到了苛刻的程度。一次，王西京受陕西省总工会邀请给延安南泥湾工匠学院写两幅字，其中一幅多达四十多个字，他先后写了三次，每发现有一点细小瑕疵，就当面撕掉重写。他说一幅字画你就是把一百个字写正确了，只要有一个字错了，也都是废品。其实，这当中也蕴含"100－1＝0"这个道理。

从人性和感情方面来分析，"100－1＝0"反映的是人性最残忍的一面，这个逻辑在其他方面也同样成立。心理学中有个词叫贝勃定律，应用到感情中就是说：如果只是单方面地对一个人好，非但得不到对方的谢意，还会让他习以为常，甚至索取无度，变本加厉地榨取你的付出。也就是说，你对一个人施恩了一次，他会记住你；你对他施恩了一百次，他会认为你所做的都是理所当然的。不管之前千好万好，只要有一次不好，人们便只记得你的不好，就会对你产生怨恨，你以前做的一百次施恩，也会被清零。这就是"100－1＝0"中蕴含的人性道理，是人性善于遗忘的道理。

"100-1=0"也反映了这个世界对好人的要求非常严苛,对坏人却显得宽容。如果别人给你打一百分,你才能被称为好人,那么你必须完美无缺;万一哪天你有丝毫没有做到位,你所有的奉献都会前功尽弃。好人做一百件好事,但做了一件坏事,他就是"坏人";坏人做了一百件坏事,但做了一件好事,就放下屠刀立地成佛,成为值得原谅、挽救的人。这就是这个世界最残忍的一面。好人一个错误都不能有,坏人却有无数次机会可以改过自新;好人成佛要历尽千难万险,九九八十一难,一难都不能少;坏人成佛只需要放下屠刀。

以上便是我对"100-1=0"道理的一点管窥之见。

水滴石穿的启示

水滴始终如一朝着一个方向才能击穿石头。唯有专心致志，将时间和精力聚焦于一点，才能取得突破，做出成绩。

记得小时候学到成语"水滴石穿"时，我幼稚地拿出一瓶水进行试验。随着年龄的增长和阅历的丰富，我慢慢懂得水滴石穿的深刻寓意，它不仅仅是家喻户晓的寓言故事，更蕴含一种智慧和精神。

"水滴石穿"最早出自东汉班固的《汉书·枚乘传》，意思是说水滴不断地滴，就可以滴穿石头。比喻坚持不懈，集细微的力量也能成就难能的功劳。对此，我受启示如下：

一是要想成功就必须目标专一。水滴始终如一朝着一个方向才能击穿石头。唯有专心致志，将时间和精力聚焦于一点，才能取得突破，做出成绩。

哈佛大学的教授很喜欢对新生讲这样一个故事。梅里美出生于加州，父亲希望他长大后成为牧师，六岁时就送他到神学院读书。后来战争爆发，梅里美当了兵。因病退伍后，他爱上了气象学。于是他整天仰首望着天空,想自学当个气象学家。再后来,梅里美在银行里找到了工作,想当个金融家。可很快,他又爱上了音乐,整天拉小提琴,想成为一个音乐家。结果几年间忙来忙去,梅里美却一事无成。

有一天,梅里美在植物园散步时,遇上了著名的思想家爱默生。爱默生了解了他的情况后,说:"把一件事做好,胜过把无数件事情做得平庸。"梅里美听后,如梦初醒。此后,梅里美认准了植物学,始终如一,在这一领域不断进取,写出了名著《美国植物志》,最终成为著名的植物学家。

"夫人之才,成于专而毁于杂。"一事办好,已属难得;力气分散,则势必一事无成。这世界乱花迷人眼,无论做什么,东一榔头西一棒槌,终将一无所得。《淮南子·说林训》有:"逐鹿者不顾兔。"大意是说,追赶鹿的人,顾不上看兔子。就像剑道高手,专心于剑,武功自成。

二是凡事贵在坚持。冰冻三尺,非一日之寒;水滴石穿,也绝非一日之功。要学会认准方向,持续付出,在一个领域深耕。

在这个世界上,真正的天才很少,多数人的成功,靠的都是持之以恒的努力。鲁迅说过:"如果一个人,能用十年的时间,专注于一件事,那么他一定能够成为这方面的专家。"李时珍翻山越岭,访遍各地的樵夫、医生等,花了 27 年最终编成了《本草纲目》。现实生活中这样的事例举不胜举,只可惜,懂得坚持的人少，半途而废的人多。据有关调查显示，24%的人会在两个月后放弃原定的目标，50%的人会在六个月后放弃原定的目标。制定目标只是成功的第一步，坚持不懈才是取胜的关键。人生最后的成败，拼的不是运气和天赋，而是贵在坚持。

三是成功者要信心坚定。信心比黄金更重要，持久的坚持，源于坚定的信念。只要功夫深，铁棒磨成针。居里夫人经过几千次的实验终于从几千吨的沥青中提取了一克镭。爱迪生经历了多次的失败，依然不放弃，终于发明了耐用的灯丝。

四是要防微杜渐。合抱之木，生于毫末；千里之行，始于足下。量变而发生质变，弱小的水滴可以穿石，绳锯可断木。不良嗜好，日积月累，也会毁掉一个人的一生。所以勿以善小而不为，勿以恶小而为之。不要因为小的坏习惯而不以为然，更不能养成小的坏习惯。

原载《铁路建设报》2024年3月13日第4版

由开车想到的

开车时脚下有两个机关，一个是油门，一个为刹车。开车提示人们：在顺境中要谦虚谨慎，戒骄戒躁，不忘给自己踩踩刹车——因为志得意满、狂妄自大可能会滋生灾祸；在逆境中要百折不挠，勤奋刻苦，给自己加油——人生如逆水行舟，不进则退。

十字路口的红绿灯最为常见。当我们开车看见红灯，则意味着绿灯快亮了，这就是危中有机；遇绿灯，则意味着快变成红灯了，这就是机中有危。"祸兮福之所倚，福兮祸之所伏"，福与祸相互依存，互相转化。坏事可以转换成好的结果，好事也可以引发出坏的结果。福与祸并不是绝对的，它们在一定条件下可以相互转化。人生面对的一切就如同变化的红绿灯。

开车时脚下有两个机关，一个是油门，一个为刹车。开车提示人们：在顺境中要谦虚谨慎，戒骄戒躁，不忘给自己踩踩刹车——因为志得意满、狂妄自大可能会滋生灾祸；在逆境中要百折不挠，勤奋刻苦，给自己加油——人生如逆水行舟，不进则退。正如培根所说：顺境的美德是节制，逆境的美德是坚韧。

当你想把车往前开，却挂着倒挡踩油门，不仅事与愿违，甚至还会惹出祸——方向不对，努力白费。

由此引申，一辆车的发动机固然非常关键，但雨雪天离不开雨刷器，夜晚离不开车灯，行进中离不开方向盘、刹车和油门。开车给我们的启示是，任何管理都不能出现系统缺陷，部门不能以是否重要决定是否设置，只有实现闭合管理，一个机构才能运行自如。

文章写到此，分享给一个朋友，想听听他的感受。他却说，他没有车时非常羡慕那些有车的，当他好不容易买到车，开车在马路上，看到有说有笑的行人和那些骑自行车的人，突然感觉到那份自由也是满满的幸福。他还说，为车提供动力的汽油必不可少，但如果没有了机油的润滑和冷却，车也开不远。生活中有许多有用功，如工作学习；也有许多看似是无用功，却有着非常重要的作用，比如吃、喝、拉、撒、睡。前者体现了人生价值，后者是生存的基本保障。

在现实生活中，尽管大家开车的想法因人而异，但一个不争的事实是：存在都是合理的。事物没有高低贵贱之分，只有价值大小。我们要学会接受，学会包容，学会换位思考。如此而已。

"难得糊涂"之拙见

"难得糊涂"是人历经世事沧桑之后的成熟和从容。这种糊涂与不明事理的真糊涂截然相反,它是人生大彻大悟之后的宁静心态的表现,是一种很高的精神境界。

"难得糊涂"是清朝学者、"扬州八怪"代表人物郑板桥的名言,乃是他为官之道与人生之路的自况。"难得糊涂"的意思是生活还是糊涂一些好,万事都作糊涂观,无所谓失,也无所谓得,心灵将得到安宁。板桥先生的"糊涂",是一种清醒的蔑视,是对腐败现实的抗议,是清风自拂的坦荡胸怀。

一则"难得糊涂"是人历经世事沧桑之后的成熟和从容。这种糊涂与不明事理的真糊涂截然相反,它是人生大彻大悟之后的宁静心态的表现,是一种很高的精神境界。谈笑间淡泊名利和恩怨,把苦、难、疼、伤深埋在心中,夜深人静时在安静的海边仰天长笑……难得糊涂真人生,大智若愚好性情。红尘万事随风去,功名利禄一场空。

二则"难得糊涂"是一种为人之道。古人云:"水至清则无鱼，人至察则无徒。"很多时候，点到为止即可；很多东西，得失随缘就好；很多事情，看破不说破为佳。若事事较真，滥用聪明，终会事与愿违。《红楼梦》里讲："机关算尽太聪明，反误了卿卿性命。"即使看清楚了有些人，也不要随便揭穿；讨厌的人，也不要随意翻脸；明知事情真相，有些时候也不要说出实情。

明朝著名的画家、诗人唐伯虎被宁王请去家中做幕僚，唐伯虎以为遇到了贵人，但是后来发现，宁王有犯上作乱的嫌疑，自己如果跟着宁王站队，最终恐难有好的结果。于是，唐伯虎开始装疯卖傻，甚至赤裸身体在街上狂奔，弄得满城风雨。宁王没办法，就把唐伯虎送走了。后来，宁王发动叛乱被俘，唐伯虎因提早离开，最终没有受到牵连。

三则"难得糊涂"是一种智慧，也是生活的一种艺术。活得糊涂的人，容易幸福；活得清醒的人，容易烦恼。这是因为，清醒的人看得太真切，如果一较真，生活中便烦恼遍地；而糊涂的人，计较得少，虽然活得简单粗糙，却因此觅得了人生的大滋味。

四则"难得糊涂"是一种境界。宋代禅宗大师青原行思提出，人生有三重境界。这三重境界可以形象地比喻为：看山是山，看水是水；看山不是山，看水不是水；看山还是山，看水还是水。聪明难，糊涂难，由聪明转糊涂更难。"难得糊涂"，不愧为一种大彻大悟。

五则"难得糊涂"是一种幸福。糊糊涂涂，家庭和睦。人常说家不是讲理的地方，若事事计较太多，会伤了和气，赢了道理，输了感情。更不能讲对错好坏，只有相互包容理解，家才能有家的温暖，正所谓"清官难断家务事"。在一个家庭里面，有时候多一点儿装聋作哑，多一点儿稀里糊涂，才是永葆家庭幸福的秘诀！

有一种幸福，叫"难得糊涂"。只有真的悟透"难得糊涂"的人，才能一生幸福。

恐惧往往来自已知

很多时候，简单比复杂重要，因为内存少一分，自在增一分，顾虑少一分。耳里听不见是非，眼中看不见坏事，远离了人间纷扰，方能悠然自得。

有一天，一大早儿子从外地打来电话，关心地问道："西安地震了，受影响没有，一切都好吧？"当时我刚醒来，被儿子的电话问得一头雾水。他说从网上看到甘肃地震了，波及西安。后来我翻看手机，有关地震的消息几乎占满了屏幕，才发现在西安大半夜许多人为了避震防震露宿街头，而我因为睡着了不知道地震发生。看来许多恐惧来自已知。

初生牛犊不怕虎，了解老虎的人类反而会害怕老虎。现实中，人们恐惧癌症，谈癌色变，就是由于大家都知道癌症死亡率高，比较残酷。很多癌症患者在得知真实情况后，便在恐惧中很快离世。因此一个人一旦被确诊癌症，家人、朋友、医生出于关心都会对病人隐瞒病情。

曾看过一个故事：一个耳背的人和一个耳聪的人得了一样

的病。耳聪的那位从家属和医生的谈话中得知自己还能再活三个月，于是终日闷闷不乐，结果还没到三个月就去世了；耳背的那位对此一无所知，两年过去了，还活得好好的。

有些事情，要少道听途说，因为不知比知道要好；很多时候，简单比复杂重要，因为内存少一分，自在增一分，顾虑少一分。耳里听不见是非，眼中看不见坏事，远离了人间纷扰，方能悠然自得。

努力做一个厚道的人

在古代文化中，厚道更多地凸显了其作为一种传统美德和生活哲学的意义。在现代社会中，厚道同样被视为一种美德，它不仅是人际交往中的重要品质，更是个人品格的重要组成部分。

有一天，托朋友帮另外一个朋友办事情，闲谈间朋友说道："乐意为你办事，你人厚道。"我不胜感激，这不正是自己追求的做人目标吗？我微信的个性签名就是"厚德载物"。

我的老父亲在世时，经常教育我们做人要厚道。我家有一副对联，过年时经常被挂在祭祖牌位的两侧：忠厚传家远，诗书继世长。朋友这么一说，又激发我对"厚道"二字的再学习。为此我从网上查阅了许多资料，又认真学习厚道的含义，写此随感，以诚勉自己努力做一个厚道的人。

"厚道"是一个汉语词语。它的意思主要包括以下几点：不刻薄，指在处理人际关系时，不会尖酸、苛刻或伤害他人；待人诚恳，表示在与人交往中表现出真诚和善意，不虚伪做作；能宽容，这体现了对他人的宽容和理解，以及一种温和的态度。

说一个人厚道，是指这个人待人诚恳，不刻薄，实在，不骗人，表现出一种宽容和修养，以及正直的品行和有分寸的行为。厚道是一个人为人和修养的体现，也是其内涵和人品的象征。

在古代文化中，厚道更多地凸显了其作为一种传统美德和生活哲学的意义。在现代社会中，厚道同样被视为一种美德，它不仅是人际交往中的重要品质，更是个人品格的重要组成部分。与厚道的人相处会让人感到舒适和安心，因为他不会做出伤害他人的行为，也不会用虚假的言语来欺骗他人。相反的，他会以真诚的态度对待别人，尊重别人的感受和需要，从而赢得别人的信任和尊重。

何为厚道？

一曰厚道的人要善良。

有人说："人生最宝贵的财富，不是金钱，不是地位，而是内心的善良，和待人的厚道。"厚道的人一定是善良的，那些阴险狡诈、心狠手辣的人一定不会是厚道的人。作为万物之灵的人，如果昧着良心，丢掉了善良，就没有了做人的资格。厚道的人，做人做事无愧于心，无愧于人，站得直，做得正，在哪里都顶天立地，有好的人缘和人气。真正厚道的人，内心清澈，充满正念，能量充足。

二曰厚道的人要光明磊落。

人活着想得到金钱、地位，或是满足一些欲望都是人之常情。但是，怕就怕人只剩下了对欲望的追求，只想得到金钱和地位，甚至为此不择手段。这样的人，这样的活法，未免太疯狂，太偏执了，最终也一定会物极必反。其实，走正道，做一个厚道的人，不用刻意，听从内心的声音，积极勇敢地前行就好。只要我们坚信厚道地活着，光明正大地为人处世，终究能够迎来属于自己的机遇，收获属于自己的人生果实。

三曰厚道人要有正气。

《道德经》云："道隐无名，夫唯道，善贷且成。"所谓"道"，无声无色，无形无爪，却能够主宰万物。所以每一个人，都应该心存敬畏之心，不逾矩，不纠缠，慎独做人，一身正气。有正气的人，一定是厚道的人。这些人，人心正，人品过关，走到哪里都有自己的底线和原则，从而厚道做人做事。

厚道的人，他们有自律之心，能够控制自己的欲望和情绪，不做违背良心和道义的事情。他们不占人家的便宜，不贪图别人的财物或名誉，不乘人之危或落井下石。这些人，最终也能够收获别人对自己的信任和好感，无形当中也就给自己带来更多的资源和人脉，积累了更多的机遇。

四曰厚道人一定能包容众生。

厚道的人有宽广的胸怀，能够包容众生万物。他们不会因为小事而斤斤计较或争吵，他们不会因为利益而争夺或互相伤害，他们能够接受世界的多样性和复杂性，他们能够与万物和谐共处。

五曰厚道的人懂得感恩。

厚道的人，他们懂得礼尚往来，对别人的恩惠和帮助能够感恩并回报。他们活得明白，轻快，洒脱。

六曰厚道的人必有后福。

曾经看过一句话："一个人的快乐不在于他拥有得多，而是因为他计较得少。"老话说得好："福气不可享尽，便宜不可占尽。"人，选择了厚道，天势必庇佑，必有后福。

正所谓天道有轮回，厚道的善念、善心、善举，也许暂时不会有所回馈，甚至经常被人利用、算计。然而，只要你坚持的时间足够长，内心足够纯粹，这一张厚道的底牌会给你带来无穷无尽的福气。厚道的人一定会福泽深厚，有好的命运和前途。

厚道是人最美好的品质之一。我们要努力做一个厚道的人。

书信言道

致武警陕西总队医院医护人员的感谢信

尊敬的武警陕西总队医院消化内科医护人员：

你们好！

发自肺腑地道一声感谢，说一声辛苦，把这份诚挚的敬意送给身着戎装的你们。感谢你们在春节期间放弃与家人团聚的美好时刻，用精湛的医术、精心的护理，挽救了我们八十七岁老父亲的生命，使他转危为安。在此，请接受我发自内心的深深谢意！

2014年2月4日（农历大年三十），当全国人民都忙着回家过年的时候，却是贵院消化内科医护人员最为忙碌的时候。我们的父亲在年关将近时，因偶感风寒住进了当地的县城医院。经过三天治疗，病情愈来愈重，直至水米不进。医院大夫每过一两个小时就找我们谈话，表示已经无能为力。在这种情况下，我们家属只好想办法转院，可西安各大医院大年三十都停止接收入院病人。在多方咨询无果的情况下，我们家属抱着一线希望来到武警医院，消化内科吴秀华主任接诊了我们的父亲。

吴大夫准确诊断病情，及时制定了科学的治疗方案，当天用药当天就起效。父亲由最初的卧床不起，到渐渐能感觉到饭香，可以下地活动，到现在能自行散步。用"妙手回春"来形容吴大夫的医术是最恰当不过的了！即使是在难得的春节两天休假期间，吴大夫也在每天关注我父亲的病情，及时调整治疗方案，现在老人家每天都有令人惊喜的好转。这一切都得感谢吴大夫和其他医护人员。在贵院，我们家属真正体会到了"人民军队为人民"的崇高宗旨，感受到了白衣天使对病人的关爱与体贴入微。

今后，我们家属也会以你们为榜样，把贵院医护人员崇高的品质和敬业精神带到各自的工作岗位上去，为社会和国家做出更多的贡献！

最后，再次向你们表示诚挚的感谢！

患者家属　王力　王麦峰
2014 年 2 月 15 日

爸爸的寄语

儿子：

　　你好！

　　在你临近毕业，即将实习之际，老爸原计划与你进行一次促膝长谈，但总觉得时机不成熟。且有时偶尔对话交流不仅不能增进父子间的情感，反而往往是彼此伤害和不欢而散，甚至大吵大闹。这导致我心灰意冷，只好采取冷处理的方式。

　　但实际上这些都是表象，都是暂时的。老爸一直在关注着你的细微变化，关心着你的成长进步。就好像那年老爸过生日，你在席间的一席话，让我不禁热泪盈眶。老爸深深感受到我的儿子长大了！我为有这样优秀的儿子深感欣慰！

　　上周四晚饭席间咱父子俩又因话不投机，不欢而散。可当我还在气头上，却意外收到你的信息，这应该是咱父子之间吵架时，你第二次采取这种方式来化解矛盾。事情过去了，老爸也常常反思自己，为什么要给娃发脾气？为什么不能心平气和地交流？或许是年龄大了，性格变得固执？抑或是爱子心切，急于求成？实际每次争执甚至吵起来，尽管你让老爸生气甚至有点失望，事后我还是很自责。从你的言语中老爸还是能感觉到，你内心也很尊敬老爸，十分在乎老爸对你的看法，非常想得到老爸最大的理解和关爱，也希望改善父子关系。这点很好，这也是老爸的初衷，我也希望我们父子之间其乐融融。

父子之间需要彼此在乎，相互赋能。深度交流和有效沟通就是良方，就是最好的途径。其实爸爸自身也存在问题，倾听不够，总拿自己的经历去要求你，总希望你做得更好，百尺竿头更进一步。现在想起来还是有点太过急切。上周四晚上咱爷俩闹了矛盾，次日晚我回家后，你的主动和一些变化，还有通过老爸双休日两天的观察，老爸为你的态度和变化而欣喜，也是老爸希望看到的。我的儿子是很优秀的，老爸也要向你学习，学会自我改变。

父子毕竟是两代人，且阅历、经历均不相同，自己怎能一下把所谓的成功经验让儿子全盘接受呢？这就需要通过不断的交流和沟通，让我们在思想的不断撞击中实现对接，让我们在生活实践和历练感悟中寻求共识，得到提升。

为了进一步增进咱们父子之间的有效沟通，我们相向而为地共同改变，我还想与你分享以下几点，也权且算作希望吧。望与儿共勉，祝你进步、成长、有为！并希望你能时常温习和感悟，并持之以恒地躬身践行：

一是牢记"四个警惕"！警惕对人不知感恩，对事不知尽心，对物不知珍惜，对己不知克制。我儿应当不会忘记，爸爸在郑西高铁项目部工作时提倡的"四个警惕"。一晃十几年过去了。当时你和你妈妈到郑西项目探亲时，还不过十岁，是一个无忧无虑的懵懂少年，现在已经是一个即将完成学业步入社会的新时代青年了，有知识、有思想、有见解、有志向。希望你一生都能以"四个警惕"为镜鉴，正道直行，成长成才。这是老爸的心愿和期许！

二是多读书，多学习，多思考。书要有选择地阅读，且凡认为于你有用的书，要系统、完整地阅读。只有书读得多了，知识面才能拓宽，才能在发现问题、分析问题、解决问题方面获得自己独特而系统的思考。要多读有关哲学方面的书，可以帮助你树立正确的人生观、世界观和价值观，这是看待问题和认识事物的根本和前提。要多读名人传记和励志方面的书籍，这可以激发你干事创业的激情。

三是世界上没有随随便便的成功。伟人不是生而伟大，而是经过磨砺和艰苦付出才能成其伟大。习近平总书记寄语青年，成功都是奋斗出来的，奋斗的青春最美丽！奋斗就要始于足下，不能"明日复明日"。只有从现在开始，一门深入，长时熏修，付诸行动，才会让目标变得越来越近。古人云：有志者事竟成！要立长志，不要常立志。凡一个人有了坚定而明确的奋斗目标，他就有了前进方向和动力！

四是自律。一定要自律。自律是一个人的最高修行，实际上人与人的差距就集中表现在能否自律上。是否自律，影响甚至决定一个人一生的成败！老爸在郑西高铁工作的时候，常常说一句话:"对企业的爱,就是尽职尽责不出错;对家人的爱,就是管好自己不惹事。"一个人越自律,就越能让父母安心,就越能走向成功,就越能使自己变得完善和优秀。把自律慢慢融入骨子里的人,总能寻找到生命的真谛。自律会让日子顺畅起来,让心态平和起来,让时间安排紧凑起来,人生也会循着发光发亮的痕迹开始闪耀起来。

　　五是信心比黄金更重要。世界上没有救世主,亲人也不可能与你同老,许多路还要靠自己走。人生坐标需要自己定,自己的人生最终需要自己书写。希望儿子一定树立信心,坚定理想,通过学习、学习再学习,历经努力、努力再努力,从而使自己不断成熟起来,成为最优秀的自己。相信我的儿子一定能够成功,也一定会成功!

　　事非经历不知难。读书学习,让你承受寂寞的苦;深度思考,让你承受脑力的苦;自律习惯,让你承受修行的苦。但正因为人生有吃不完的苦,才有享不完的福,才有成长成才的无限空间和可能。以上所说都是爸爸的肺腑之言,供你参考。

　　实习很重要,也很关键,希望我儿好好把握!最后,在实习中如有困难或困惑,爸爸希望第一个听到你的倾诉。倘若还有一些有趣的经历,也不妨第一时间和家人分享。全家人为你骄傲。祝我儿一切顺利!

深爱着你的老爸
2021年1月19日写于我儿实习之际

写给儿子东东

出征,是人生的启航,满载着朋友寄予的祝福、亲人寄予的重托。

两年前你的出征,应该是隆重壮行。爸爸的好同事、好朋友参加了你的出征宴、出征仪式,还有"男儿当自强"的出征祝福……这一切在你工作满两年之际又浮现在我眼前。在感谢同事、朋友对你的关怀的同时,也深深感受到岁月如梭,光阴似箭。两年来你获得了大家对你的认可和评价,老爸真的为你高兴。你热爱工作,敢于面对现实;有上进心,工作尽职尽责;富有爱心,与同事和睦相处。关心关爱奶奶和父母,每逢重要日子,你都会发红包。红包不在多少,主要是你有这片孝心,更表达了你对亲人的牵挂。你的优秀表现还有许多,好的不说跑不掉,它们会伴你成长和进步。你工作满两年之际,老爸有以下几点建议,望儿思考,领悟,践行。

一是对自己工作两年来应该有个反思。取得的成绩有哪些?不足或者后悔(但不应该过分自责)的事情有哪些?总结过去,扬长避短,是为了激励自己更好地前行。

二是要建立一个较为明确的人生奋斗目标。人无远虑必有近忧。只有坚定了目标，才能够为自己的坚持找到理由和精神力量。两年的工作经历，你对社会和工作应该有了一定的了解，对自己也应该有了一定的自我认识和评价。

三是要牢记并践行"四个警惕"。警惕对人不知感恩，对事不知尽心，对物不知珍惜，对己不知克制。

四是要有行动的观念。坐而议，不如起而行，要成功须行动，事不亲历不知难。我奋斗了，努力了，即使没有成功，也不后悔。青春是用来奋斗的，只有如此，才不负韶华。

五是要树立坚定的自信心。信心比黄金更重要。红军长征精神，就是坚定的信仰的力量，是自信心取得了胜利。"自信人生二百年，会当水击三千里。"因此，做任何事情，我们都不应该半途而废。即使在最困难的时候，都要说："我行，我能！"这种心理暗示，将会给你带来勇气，并化作无穷无尽的力量。

六是心态和健康最重要。我们生活和工作中难免遇到一些状况和矛盾，关键要看自己面对这一切的心态，向善、向阳、向上就能够应付一切考验和挑战。心有阳光，一路芬芳。同时，健康是一切的前提和基础，没有了健康，一切都是浮云。

最后是关于你个人婚姻事情。老爸不想多说，那还真的是你个人的事情，同时家庭氛围、父母平时的言传身教，也会影响你的择偶标准。老爸相信你会在茫茫人海，遇见你的所爱，做出正确选择。千里姻缘一线牵,美好婚姻天做成。一切随缘,缘分到了,就会在对的时间,遇到对的人,让幸福撞个满怀。

祝儿子工作愉快,心想事成,开心快乐每一天。

爱你的老爸

写于你工作满两年之际

致深圳航空有限责任公司的一封信

深圳航空有限责任公司领导：

  你们好！

  今年10月22日，我代表单位参加了一个企校合作研讨会，会上我对该院战略定位、教学创新、学生教育等方面谈了一些自己的见解，尤其在学生综合素质教育方面引用了贵司一乘务长的事例及感受（该院其中一个专业承担培养高铁乘务员任务）。

  今天我写信给你们，就是想结合自己的切身体验表达如下意思。如有不妥之处，请多包涵。

  一是热情服务。及时化解危机和处理应急事件，是乘务人员尤其乘务长的必备素质。服务行业从业者在与被服务对象之间，完全没有矛盾和纠纷是不可能的，关键是找到正确的方法化解。10月18日下午我乘贵司航班由兰州回西安，中途一男乘务员推餐车送餐，不慎撞到我的膝盖，当时疼痛难忍，随后一女乘务员送来冰块帮我冷敷。当时疼痛倒不怕，就是担心伤及膝盖。再有，那位撞我的男乘务员始终没有过来。我一时有些生气，就问女乘务员，伤及骨头怎么办？她答道，她不是当事人，若男乘务员过来，担心矛盾升级，她已经向乘务长汇报了情况。

问题没有得到及时解决，我便气不打一处来，想等乘务长一到就发一通火，然后再投诉。没想到乘务长面带笑容来到我座位前，温和地说："首先道一声对不起，是我们工作没有做好，深表歉意！"接着查看我被撞的部位，并用随手携带的软膏涂擦，顿时我的火气就消了一半。但根据被撞处外表和当时的疼痛情况，担心留下后患。她说下机陪我到附近医院做个检查，我说来不及，要赶到西安参加一个会议，她没有多说什么，只是留下自己的姓名和电话，并说以后有问题直接与她联系。至此，尽管膝盖处还有疼痛感，但自己气已全消，并反思自己也有不足之处，比如当时腿伸向了过道。就这样一场可能升级的矛盾，让崔丽乘务长通过自己的智慧、热情和担当精神化解了。

二是服务行业要有担当精神。假如崔丽乘务长当时再去找那个男乘务员协商，不主动作为，反复下去也有可能激化矛盾。

三是多从自身找原因。假如崔丽乘务长一过来，便说碰撞也与我把腿伸向过道有关，这样便会引起互相指责，导致矛盾升级。因此，服务行业应禁止使用反问句，多从自身找原因，才会赢得对方谅解。

四是团队意识很重要。深圳航空是个团队，但团队是抽象的，实际是由具体每个空乘班组组成。班组是深圳航空的代表，乘务长、乘务员的言行，是深圳航空形象的具体化和生动展示。

最后，再次感谢你们周到细致的服务。希望贵司涌现更多如崔丽乘务长这样的优秀员工。衷心地祝愿贵司做实班组，做实基层，做强做大。

王力

2013 年 11 月 6 日

附录

中铁一局成为"劳模摇篮"

刘丽华　牛荣健

4月29日,从陕西省庆祝五一国际劳动节暨省劳动模范先进工作者和先进集体表彰大会上传来喜讯:中铁一局共有5人获陕西省劳动模范称号、1人获陕西省"三秦工匠"称号、2个单位获先进集体称号。至此,该企业已有25人获全国劳动模范称号、540余人获省部级劳动模范称号,成为名副其实的"劳模摇篮"。

中铁一局是世界500强企业中国中铁股份有限公司的全资子公司,前身为铁道部西北铁路干线工程局,1950年5月始建于甘肃天水,1970年由乌鲁木齐迁至西安。作为共和国铁路建设的排头兵,中铁一局始终致力于国家基础设施建设。七十二年来,参建干、支线铁路140多条,铁路运营线路铺轨4.5万余公里,约占中华人民共和国铁路铺轨总量的1/7;累计修建公路8300余公里;完成房屋建筑3700余万平方米。除国内市场外,企业还在新加坡、巴基斯坦、斐济、马来西亚等10多个国家开展海外工程承包业务。

截至 2021 年年底，中铁一局共有员工 24832 人。面对穿行在山峦之上、城市之中、大江南北、世界各地的庞大员工队伍，多年来，中铁一局以培树劳模为抓手，激励员工不断吃苦奉献，挑战创新，永争一流，营造了劳动最光荣、劳动最崇高、劳动最伟大、劳动最美丽的企业氛围。据中铁一局工会主席王力介绍，企业之所以能产生这么多劳模，是因为在三方面不断发力，厚植劳模成长沃土。

首先，持续开展劳动技能竞赛创新创效活动。围绕国家重难点工程，铁路、公路大线，多年来，中铁一局持续组织开展年度各类主题劳动竞赛，切实调动了职工群众的积极性、主动性和创造性。通过鼓励员工围绕科技创新、建设国家优质工程不断挑战技术难题，企业在隧道、桥梁施工、轨道铺设、数字施工、智能建造方面，获得国家专利 1180 项，研发形成"轨道工程运输安全智控平台""盾构管片排列线形控制技术"等。截至 2021 年年底，中铁一局共获得鲁班奖 25 项、詹天佑奖 27 项、国家优质工程奖 93 项、国家级科技奖 19 项、省部级科技奖 413 项。刚荣获陕西省劳模的中铁一局科技部部长徐宏、中铁一局建安公司西安中医医院项目经理别红亮、中铁一局新运公司铺架队长郝铎就是其中突出的代表。

其次，落实劳模先进的各项政治经济待遇。中铁一局不仅在职代会、工代会增加劳模先进代表比例，落实劳模先进政治权利，还制订出台了《中铁一局工会劳模慰问管理办法》《中铁一局劳动模范管理暂行规定》，高质量提升劳模服务水平。对于全国劳模窦铁成、白芝勇、马海民、梁西军等四个典型，企业宣传部制作统一格式的展板，将劳模事迹宣传到全国每一个项目部工地，鼓舞职工士气。每年，企业还会召开劳模座谈会，并对各级劳模进行慰问。为了使劳模紧跟时代步伐，不断提升知识技能，企业还定期选送劳模赴清华大学等知名高校进行培训学习。此外，根据相关要求，企业还对接疗休养单位，安排好职工和劳模疗休养。

第三，加大先进典型推荐评比表彰力度，确保先进典型不断涌现。每年，中铁一局都会开展"一优两先"评比表彰，侧重一线职工和技术人员，两者之和占表彰先进个人的85%以上。对于在评比中涌现的先进个人，中铁一局工会还对具有劳模潜质的先进个人进行跟踪式、台阶式的劳模培养计划，确保选树劳模的时代性、典型性和先进性。为了不断扩大劳模的辐射带动作用，中铁一局创建了全国劳模创新工作室2个、省部级劳模创新工作室9个、专家型职工创新工作室19个。

作为"劳模摇篮"中的一员，刚刚获得陕西省劳动模范称号的中铁一局物贸公司生产技术部副部长兼西安火车站改扩建项目总工魏珍珍激动地说：从一个憧憬着进了单位就能坐火车跑遍全国的苏北农村姑娘到现在的省劳模，她根本不敢想象。近20年来，是中铁一局给自己提供了一个不断成长的大舞台。

接下来,她将继续在岗位上钻研、学习,用行动影响身边更多的年轻人。

原载群众新闻网 2022 年 4 月 29 日网页

精心培育　让企业文化在项目扎根

李兴中

中铁一局一公司郑西项目部承担着郑（州）西（安）铁路客运专线 ZXZQ06 标段 15.3 公里的施工任务，合同工期 31 个月。该项目施工难度大、工期紧、技术标准高、管理模式新。项目部自 2006 年 1 月初组建以来，结合项目实际，积极开展企业文化建设，努力构建浓郁的、富有郑西项目特色的企业文化。目前，项目班子团结、干群关系和谐、项目凝聚力明显增强，形成了一支富有战斗力的团队。企业文化建设的开展有力地促进了生产经营工作，月月超额完成任务，在中铁一局郑西客专指挥部的综合评比中，项目部多次名列前茅，并受到重奖。中国企业文化促进会的领导、专家来我项目部检查指导工作时，曾对我们在企业文化建设方面取得的成果给予高度评价。我们的主要做法和体会是：

晓之以理，让企业理念扎根

"豆子放在盆子里，长出来的是豆芽；放在田地里，长出来的是庄稼。"没有一种土壤便没有一种生存的基础，没有一种氛围便没有一种生机勃发的力量，环境作为外因对事物的影响有时候是至为关键的。对一个企业来说，怎样为人才创造一方沃土，让每一粒豆子都长成庄稼而不是豆芽，让每一位员工在企业的发展中都能很好地发挥自己的作用，是企业发展的重要条件。

　　基于这种认识，郑西项目部始终把建设优秀的企业文化作为培育优秀员工的"沃土"工程，大力加强企业理念的灌输。首先是项目部领导带头学习企业文化理论，深入领会中铁一局企业文化内涵。在学习领会的基础上，项目部主要领导先后写出了《豆芽和庄稼》《"挖坑"的启示》《外面不圆转不动，里面不方带不动》等一系列通俗易懂的宣传企业文化理念的文章，并且在各种场合进行广泛宣讲，增强了员工对企业的认同感。与此同时，不少员工已经在项目部这座平台的精心培育下走上领导岗位，并且发挥着重要的作用。原任项目生产副经理、现任青马项目经理的陈建强，在项目部为他举办的欢送晚会上激动得热泪盈眶。他深有感触地说，是郑西这个大家庭培养和教育了他，尽管现在要离开郑西了，但今后无论自己在哪里工作，都要把郑西项目部极具特色的企业文化理念带去。还有许多老同志退休后仍然迫切要求继续留在项目部工作，并经过多方努力与企业签订了返聘协议，继续发挥余热。这些都从侧面反映出项目部的企业文化理念已经深入人心，已经为大家所认可。

　　其次是在认真宣贯中铁一局企业理念的同时，项目部结合自身的实际和特点，进一步对企业理念进行了具体化、生动化的传播。提出了打造责任文化、团队文化、和谐文化的具体要求，使企业文化的传播更加符合项目和员工的思想实际，因而取得了更为良好的效果，在很大程度上促进了施工生产的进展。与此同时，项目部领导从项目实际出发，为全体员工做了一场题为"营造和谐氛围，彰显文化优势，全力打造富有郑西特色的企业文化与团队精神"的精彩报告，提出"一个企业的发展，一年靠运气，十年靠管理，百年靠文化。企业文化建设已成为企业长足发展的必要条件"等先进理念，使广大员工备受鼓舞，增强了自信心和自信力。

企业理念的扎根，必须有一个灌输的过程。一种理念要深入人心，不是一朝一夕之事，需采取多种形式，反复灌输。企业理念最终要变成员工自发自觉的行动就必须让员工从内心深处认可我们企业的理念，进而在平时工作中去扎实地践行。从点滴做起，积土成山，积水成渊，才能把纸上的东西变成每个人心里所想的，最终认认真真去躬行，才能打开一个全新的局面。一年多来，我们项目部先后采取开展企业文化知识竞赛、定期召开专题学习会和交流会等方式，把无形的理念、对企业的情感深深融入各种有形的活动中去。从项目领导到普通员工，定期结合自身的工作学习情况，对照企业理念，谈认识、讲体会、找差距、议收获，不断加深对企业理念的理解，不断检查自己贯彻理念的差距，不断总结贯彻企业理念取得的成效。学然后才能知不足，知不足才能迎头赶上。经过坚持不懈的学习，员工们不仅对企业理念的条文熟记在心，并且对理念的内涵也有了自己独到的体会。许多员工在工作中、会议上，经常用企业理念评判是非，有的员工甚至在聚会时也畅谈企业理念。在郑西项目部，企业理念已经潜移默化地深入员工心中，他们开始自觉地将其贯穿、落实到日常工作之中。

安质部门特意在办公室悬挂起一块小白板，上面记录着根据工程进展情况确定的安全质量重点监控部位，并及时将这些信息反馈给工区工点和协作工队，使可以规避的安全质量隐患第一时间得到预防和化解。冬季施工期间，由领导班子带队各部门参加的夜间巡查小组，冒着严寒对工地施工情况进行突击检查，每到一处反复叮嘱协作工队人员夜间施工应注意的事项，甚至每一本温度记录册的扉页都写着项目部领导对温度检测重要性的批示。凡是现场遇到的问题都能在施工一线予以解决、处理，这就很好地确保了工程进展中的安全质量过程受控。虽然每次夜间检查完工作回到项目部，基本上都是凌晨一两点钟，有时甚至更晚，稍微休息一下又要投入第二天的工作，但是大家对此没有丝毫的怨言。看着厚厚的一沓检查记录，看着问题一个一个得到解决，看着自己的劳动成果产生了价值，员工们都感到很快乐。

精心营造企业理念的宣传氛围。项目部严格按照总公司和公司的要求，认真推广企业标识体系。走进郑西项目部，员工驻地和施工现场，随处可见风格统一、样式规范的各类标识牌，中国中铁、中铁一局的企业精神、企业理念十分醒目，国旗和企业旗帜迎风飘扬，宣传橱窗里展示的是员工们工作和生活的真实写照，耳畔经常回荡着激昂豪迈的"大旗猎猎凯歌奏，我们的团队竞风流"的《中铁一局之歌》。更具特色的是，项目部的员工统一着装，醒目地展示着团队精神。在每一位员工的案头都摆放着印有"十条工作理念"和"对企业的爱，就是尽职尽责不出错；对家庭的爱，就是管好自己不惹事"等内容的桌签，使大家能够对照标准，时时警醒，刻刻留心。在项目部会议室、会客室、活动室等地方，都悬挂着企业理念以及我们自撰的格言警句，如"诚信创新，永争一流""高效精细，唯实唯美""只为成功找对策，不为失败找理由"等。项目部的员工个个精神饱满、充满激情。就连到项目部办事的人也在不知不觉中被这种精神感染，融入这种和谐、快乐的"大家庭"氛围之中。在这样的氛围里，项目部上下一心，克服重重困难，完成了征地拆迁、驻地建设、技术攻关、物资采购，并力拔头筹，落下全线第一钻，完成全线第一根高墩，并在施工生产中屡创佳绩，连续受到郑西指挥部表彰。员工们都说："能有这样好的施工局面，关键是我们营造了良好的氛围。"

律之以规，让企业制度扎根

"外圆内方"不仅是人生应该具有的一种大境界，对于企业的经营管理，也具有十分重要的作用。在市场经济条件下，一个企业要获得长足发展必须处理好内部和外部两重关系。首先内部要"方"，就是要通过制定和完善各项制度，全面夯实企业管理基础。这里的"方"指的就是规矩和制度，也只有靠制度来规范和约束员工的行为，才能使企业真正意义上成为一个整体。"制度行则企业兴"，只有严格贯彻和执行制度，才能使企业练好内功，迎接挑战。很多企业就是因为把握得不好，往往处于"外面不圆转不动，里面不方带不动"的被动局面。

基于这种认识，我们感到一个优秀的团队，没有理念和团队精神不行。然而一旦形成了足以使这个团队实现可持续和良性发展的精神，还必须通过建立和完善一定的制度来体现和落实这些理念和精神。所以项目部成立以来，一是项目部将《工程项目管理标准》中的不同内容和要求，分门别类地进行了细化和延伸，编制了项目部的"管理标准"。将员工的岗位职责制作成挂图全部上墙，将标准细化，把责任分解；制定出部门工作实施细则，理顺部门之间的管理接口，消除管理"死角"，建立和完善制度 26 项，形成了一个完善的制度体系。我们还将各种管理制度、管理标准综合在一起，编制了郑西项目部的《管理制度手册》，人手一本，要求每位员工必须将管理制度、标准，入脑入心，见于行动。尤其要提及的是我们将每位员工的岗位工作流程贴在案头，把"将标准变为习惯，让习惯符合标准"真正落到实处。为达到此目的，项目部组织员工开展了标准学习活动。项目领导班子带头学习，各部门讲解本系统的管理知识，同时经常进行考试考核，形成了一种自学和集中学习相结合的模式，有力地促进了标准知识的学习和执行。

加强民主管理，力求把"要我做"变成"我要做"。我们对重大问题和决定，从不搞"一言堂"，总要通过各种途径充分听取广大员工的意见。严格执行厂务公开制度，将需要公开的内容定期向员工交实底、亮实情。项目部召开民主管理大会，班子成员接受职工代表的评议，既营造了团结和谐的氛围，又增强了领导班子的正确性和权威性。同时设立民主管理监督意见箱，由管理人员、普通员工和民工共同组成监督小组，负责意见收集和公布。管理干部转变思维方式，体现服务意识。在现场施工中实施"24 小时叫班制"，所有管理人员随叫随到，手机 24 小时开通，确保在第一时间赶到现场，在最短时间内使问题得到处理。这样既强化了团队精神，又提高了制度的执行力，有力促进了各项制度的落实。在对集体或员工个人进行评比表彰时，项目部根据奖惩规定，将其受奖惩的原因、条款在大会上进行报告，接受广大员工的质询。在评比过程中，采取全员打分、指标考核等方式，从德、能、勤、绩等方面进行客观评价，过程公开透明，奖罚分明。这些工作起到了奖优罚劣的促进作用，促成了良好的工作风气和执行氛围的形成。

认真实行监督，充分体现制度的严肃性。项目部为了保证各项制度的落实，成立了 5 个专门工作小组，分别是工作纪律、工作作风、劳动纪律督查小组，安全质量督查小组，现场技术控制督查小组，征地拆迁督查小组，综合治安督查小组，加强了对制度落实的检查督促，对于检查中发现的问题，及时给予纠正。凡是违反制度的都予以批评，并按制度进行处罚。员工中，先后有2人被退回人力资源中心，5人责令写出书面检查，13人受到不同程度的处罚。这确保了制度的规范和约束作用得到有效发挥。与此同时，我们在执行制度的过程中针对实际工作中出现的问题，不断对制度进行改进和完善，先后改进和新增制度8次，补充制定了冬季夜间巡查、大雾天施工管理、混凝土坍落度双检制等制度。从施工生产的每一道工序、每一个环节予以规范和要求，这些制度的完善有效地强化了管理，堵塞了漏洞。

导之以行，让行为规范扎根

"对企业的爱，就是尽职尽责不出错；对家庭的爱，就是管好自己不惹事。"这句朴实的话，是项目部对所有员工的要求，体现着尊重意识，营造着和谐的工作氛围，同时也是一种深沉的责任意识教育。项目的企业文化建设最重要的是要把企业的理念真正变成员工的自觉行动，通过日常持之以恒、潜移默化的引导，让理念成为习惯，使习惯符合理念，在项目施工的实践中，把企业理念转化为广大员工的集体共识，将企业文化转化为员工的干劲。

基于这种认识，我们在日常企业文化建设中十分重视提高对员工日常行为规范要求的针对性、通俗性和可执行性。为此，我们首先认真做到了行为规范的通俗化。一年多来，我们根据中铁一局企业文化的要求，结合项目实际对员工行为规范做了进一步的明确，先后提出了"十条工作观念""四个警惕""八项管理技能""两份爱心"等规范要求。"十条工作观念"是对中铁一局"精细高效，唯实唯美"企业作风的一种细化，是结合项目部实际做出的为员工适宜接受的工作和学习要求。"八项管理技能"是对管理文化的具体化，从激励、沟通、控制、培养、决策、组织等方面进行了要求。"四个警惕"则是从反面给人以警示，使大家摒除消极的、错误的行为方式，树立正确的标准。这些规范通俗易懂又有针对性，很快就在员工中得到广泛传播，成为大家的日常行为标准。

青年员工赵来斌正是在这些理念的熏陶下，以对企业的忠诚，默默践行员工职责的一个典型。为了按时完成领导交付的采石场选址和建厂工作，他从征地拆迁、施工便道、电力线路架设到机械设备调试等各个环节，始终本着超前意识，认真开展工作。用他自己的话讲就是："花最少的钱，为项目部办最多的事，并且把每件事都办好。"他是这么说的，也是这么做的。在工作中，他没有丝毫马虎，始终保持言行一致。工区加工炮车，考虑到机械大约要承载600公斤的钢筋笼，他提议使用小尺寸角铁，从成本上节约了2000余元。炮车没有必要使用大轮胎，就用850轮胎，节约了1500元。每个炮车仅这两项共节约了3500多元。在研究电力线路如何架设的问题上，他认为可以走近路不需要绕道。为此他及时与当地村组沟通，将电力线路的距离缩短，单次为企业节省1万多元。

坚持做到行为规范教育的经常化。一年多来，我们坚持每周一举行升局旗和唱局歌仪式，并在仪式结束之后，从领导班子成员、部门负责人到普通员工逐一领读员工行为规范和"十条工作观念"等理念，结合工作实际谈各自的理解和执行情况。平时也利用各种会议、工休时间组织员工结合自身实际解读规范。在项目领导的带动下，先后有60多人撰写了体会文章，从开始的字面意思把握，到后来的理解和感悟，逐步将"心动"转化为"行动"，一步步将这些规范贯穿和落实到实际工作当中。我们认为，只要充分调动起全体员工的积极性和创造性，把每个人的精力都集中到这些具体的要求里，就能够潜移默化地影响员工的思想和行为。我们还从解读讲稿中摘录出优秀文章以简报的形式进行编发，对广大员工起到了深刻的教育作用，在项目部掀起了学习"十条工作观念"的高潮。

坚持做到树立先进典型的制度化。充分发挥先进典型的示范引导作用是一种行之有效的工作方法，也是落实企业员工行为规范的重要途径。一年来，项目部积极制定竞赛办法，广泛开展各种类型的竞赛活动，坚持在每月月度生产会上对当月涌现的先进个人、先进集体进行表彰，树立典型，激励全体员工积极参与。领导干部、广大党员和青年团员充分发挥模范带头作用，在广大员工特别是外协工队中形成了"学先进、做先进、超先进"的良好氛围，打开了"争先创优"的良好局面。截至目前，项目部共进行月度评比 13 次，奖励先进个人 117 人次，先进集体 17 个，有 32 名员工工资得到提升，有 3 家协作队和 6 名农民工被评为先进。先进典型为员工们树立了执行行为规范的榜样，带动了全项目部员工的行为示范作用。

项目部下属三工区地亩员范保平一个人身兼数职，既管地亩，又管办公室和后勤事务。虽然工作头绪多、任务繁重，但是他对工作没有丝毫懈怠。征地拆迁中每一段施工便道的开通，都凝结着他的汗水。办公室和后勤工作也未受到丝毫影响，总是被安排得井井有条。只要你打开他的日记本，就会发现从他刚到项目部的第一天起就开始记日记。每天所做的工作，工作中发现的问题以及处理的办法，都被他一一记录下来。这是一本真正的工作日记。在项目部，只要一提到范保平，大家都会竖起大拇指。

在项目部主管机械设备工作的向伟祥，是一位快要退休的老同志，但正是因为对事业的执着和对工作的激情使他总能保持着旺盛的精力和积极乐观的态度。有一次他去供电局办理用电手续，当时供电局各部门都在开会，而手续必须经过 6 个部门的共同批准才能生效。他硬是一个一个地等，最终将手续办好。从早晨 8 点一直工作到中午 12 点多，在这个过程中他受了多少麻烦，可能只有他自己知道吧！也正是因为对工作的热忱，他多次被授予优秀共产党员、先进个人荣誉称号，成为大家学习的榜样。

这些先进人物的动人事迹在某种意义上已经成为鞭策全体员工前进的精神动力。"众人拾柴火焰高"。也正是在这种精神的鼓动下，广大员工以项目部为家，在良好的氛围中努力工作，奋勇争先。

动之以情，让团队精神扎根

在市场竞争中，团队精神将决定企业的兴衰成败。基于这种认识，我们把发挥全体员工的积极性、形成团队合力，作为一项重要的工作内容。企业文化理论从根本上说也是一种以人为本的管理理论，要落实企业文化就必须从尊重员工、关心员工做起，从与他们切身利益息息相关的事情做起。为此，项目部从建点开始就在条件允许的情况下，建起了整齐统一的办公区和住宿区，员工房间里夏有空调、冬有电暖气，配置了衣柜、床上用品及洗衣机、热水器、饮水机等设备。项目部食堂、浴室、图书室、乒乓球室、文艺活动室、篮球场、羽毛球场一应俱全。项目部开展文明宿舍评比，落实卫生值日和检查制度，员工生活的环境整洁舒适。我们还经常举办各种书画、摄影、诗歌、散文比赛，举行各种联欢会、茶话会，有时还邀请员工家属一起进行联欢，促进感情交流，支持员工工作。在不断开展各类小型体育比赛的同时，我们还积极组织员工参加一些大型文体活动，比如参加了公司的"知荣辱、树新风、企业兴亡我的责任"演讲比赛、庆五一文艺汇演和迎元旦越野赛等活动，取得了优异的成绩。通过与移动公司举办联谊晚会，举行乒乓球、羽毛球比赛等方式，增进了员工的团队意识，展现了"郑西人"良好的精神风貌，增强了大家的集体荣誉感和进取意识。从而，为员工营造出一个生动活泼、和谐向上的工作生活环境。

在郑西项目部餐厅里有一面写着"郑西是个大家庭，我是家庭一员"的文化墙，许多员工在项目部为其过生日时，纷纷激动地签上自己的名字。我们项目部形成了特殊的惯例，每位员工无论谁过生日，都会收到项目部送上的一份生日礼物和全体员工的生日祝福。每逢员工有婚丧嫁娶的事，只要时间允许，项目部领导几乎全部参加。每逢重大节日，项目部领导都会慰问一线的员工和家庭困难的职工。每位调离的员工都会收到项目部送出的一份纪念品，留下和项目部员工的合影。这份小小的纪念品虽然钱不多，却饱含着在郑西共事一场的情分。每位新员工到项目部时都会受到热烈欢迎，项目部会举办隆重的迎新会，妥善安置新员工的生活，进行专门的工作培训，指定专人进行业务指导。项目部不仅关心员工的生活，更关心员工的发展。通过职工夜校坚持进行职业技能知识培训。许多员工都经过专业的技能培训取得了操作证，提高了技能水平，确保了持证上岗。

项目部一视同仁，将协作队的农民工和外聘员工当成自己的员工管理。做到：农民工工资按时足额发放从不拖欠；农民工和员工共同参加劳动竞赛，并获得表彰奖励；农民工与员工住在一幢宿舍，吃在一个食堂，夏天一起享受空调送来的阵阵凉风，冬季感受电热器送来的缕缕暖意。农民工和员工一起享受各种福利，参与各种文体活动。图书室向农民工开放，热火朝天的竞技场上同时也有农民工的身影。农民工以自称"中铁人"和穿着统一标识的工作服而备感自豪和骄傲。项目部与协作队伍共建双赢基础，目标一致，配合默契，队伍稳定，气氛和谐。以至于很多协作队伍在优质完成施工任务，准备离开时，都恋恋不舍，希望下次继续合作。

"让企业文化在项目扎根"是我们努力探索实践的一个方向，今后还需要付出更大的努力去丰富和完善。我们相信，只要坚持正确的方向，不懈努力，精心培育，企业文化的种子一定会在郑西这块肥沃的土地上扎根，发芽，茁壮成长！

原载 2007 年 9 月《中铁一局项目管理暨项目党建工作会议经验交流材料》

营造氛围

柯满堂

在郑西客运专线中铁一局第二项目经理部,一公司工会主席、项目经理王力对前来考察的中国企业文化促进会的领导和专家说:"我们这个项目部是 2006 年 1 月组建的,当时项目部有个定位,要营造一种氛围,建成一个家,让大家有家的感觉,有归属感。"他提出了"郑西是个大家庭,我是家庭的一员"的理念,在大会小会上讲,引导这种文化。教育员工增强对企业的认同感,提升对工作的责任感。在这里,我们的确真真切切地感受到了一种浓郁的家的氛围。

项目经理部的领导班子成员,个个穿着"与狼共舞"的深蓝色 T 恤,王力说这是为了显示我们团队奉行的"狼文化"。恶虎难敌群狼,狼的团队精神是很强的,我们的团队要像一群狼,瞄准目标,勇往直前,团结拼搏,志在必得。在项目部的会议室、试验室、活动室等地方,都悬挂着企业理念以及他们自撰的格言警句:"诚信创新,永争一流""精细高效,唯实唯美""只为成功找对策,不为失败找借口"……在员工食堂有一幅格言引起了大家的兴趣："警惕：对人不知感恩；对物不知珍惜；对事不知尽心；对己不知克制。"王力解释说："员工从外面劳累回来，吃饭的时候最放松，扫一眼这样的格言，也能提神、解闷、消气，让心情舒坦一些。"他们在项目部给每一个员工过生日，迎面色彩斑斓的文化墙上有两行醒目的大字："和谐是快乐的源泉，团队是取胜的保证。"在"祝你生日快乐"的标题后面，已有七八个人龙飞凤舞的签名，可以想象到当时那些过生日的员工是多么的激动。

走在项目部的院子里，耳畔回荡着激昂豪迈的"大旗猎猎凯歌奏，我们的团队竞风流"的《中铁一局之歌》，眼前展现的企业标识规范而醒目，国旗和企业旗帜迎风飘扬，宣传橱窗里展示的是员工们工作和生活的真实写照，接触到的员工个个精神饱满，使来人不知不觉中也融入这和谐、快乐的家庭氛围中。

员工把项目部真正当成家，时时处处关心着这个家。王力讲了一个小故事：刚建点时，满院子堆的都是材料。有一天三更半夜，他在梦中被一阵狗叫声吵醒，突然想到是不是有人偷盗院子里的材料，便立马披衣拿了手电筒跑出去。让他没有想到的是，已有七八个人打着手电筒在院子里寻查。王力心头一热，多好的员工啊！在这样的氛围中，第二项目部上下一心，克服了重重困难，完成了征地拆迁，并力拔头筹，全线第一钻在他们的管段开钻。目前已完成158根钻孔桩，连续三个月受到局指挥部的表扬,实现了开局良好。王力曾感慨地说:"我们有现在这样好的局面,营造良好氛围的作用功不可没。"

氛围其实就是一种企业文化,良好的氛围就是一种优秀的企业文化。它可以感染人、感化人、激励人、鼓舞人,能够凝聚人心、提升人气、令人振奋、催人奋进。氛围不像制度法规那样冰冷无情,氛围是轻松和谐的,更容易被人认同和接受,使人置身其中便融入其中,自发地干好工作。

我们渴望生活和工作在一种良好的氛围中,置身其中,愉悦快乐,自动自发,当然有效率啦!

原载《铁路建设报》2006年8月18日第4版

探亲日记

石文英

这是一位记者在沪杭铁路客运专线建设工地采访时发现的一本探亲日记。

这本日记带着一位建设者的妻子对丈夫的一分埋怨、两分爱怜、三分敬佩、四分祈愿凝成的对沪杭客运专线胜利建成的十分期待。

这组铁路建设者家属的探亲日记,仅仅是千百万铁路建设者工作、生活的一个小小的切面。探亲的妻子短短几天的感慨,可以让我们从中窥见铁路建设者对铁路建设这一伟大事业的真情付出,读来令人动情。

2010年2月11日 星期四 雪

自从爱人到沪杭铁路客运专线工作后,我们又开始了隔江遥望、两地分居的生活。眼看着年关将至,满心希望他能回家团圆,可是他的一句"回不了"彻底粉碎了我的希望。唉!改变不了他只有改变自己。我只好请假、购票、打点行装,带着儿子乘坐 1152 次列车，到他的工作地——杭州临平探亲。

列车在一望无际的钢轨上疾驰，带着对爱人的思念、对西子湖畔的憧憬，我开始了探亲之旅。

2010 年 2 月 12 日　星期五　晴

冬日的残雪渐渐融化，南国的风貌一点点呈现在眼前。这里一丛翠竹，那里一株绿树，虽是寒冬，却处处透着春的气息。正当我欣赏着铁道旁的美景时，爱人的电话打过来了："我在上海开会，不能去接你们了。"这个消息早在我的预料之中，无数次的舍小家为大家，我和儿子早已经适应了。

到了项目部驻地，为他整理好房间，洗洗衣物，不觉间天已经黑了，他还是没有回来。打电话一问，原来他开完会就直接去工地查看，要晚一点回来。儿子忍不住埋怨："爸爸早已经忽视了咱俩的存在，他心里只有工作。"

夜色渐渐浓了，灯光疲倦地打在窗帘上，附近人家的灯熄了一盏又一盏。终于，楼道里传来熟悉的脚步声。我赶紧打开门，他一进门就告诉我："我们的人太让我感动了，现在还在施工。沪杭客专有这么可敬可爱的人，就一定能干好！""那可不，"我忍不住开玩笑，"有你这位抛家舍子的带头人，谁还好意思日出而作、日落而息？恨不得把工地搬到太阳永远照耀的地方！"他嘿嘿笑了："真不愧是我王力的媳妇！我们一直在学习项志敏副总经理的'5+2''白+黑'工作法呢。"嘿！

真拿这个"工作狂"没办法。

2010年2月13日　星期六　晴

今天是大年三十，一大早，他又出去了，说是到各分部去团拜。办公室的小卢来送一份文件，打过招呼后高兴地说："嫂子，在王经理的带领下，咱们七标段在这次沪杭客专公司组织的施工企业信用评价中名列第三。这是第一次进入前三名，大家都很高兴。中午咱们提前吃年夜饭，上海铁路局和沪杭客专公司的领导来给大家拜年。"

明亮的宴会大厅内，中铁一局集团沪杭客专七标段全体员工及其家属以热烈的掌声，迎来了上海铁路局常务副局长王峰以及沪杭客专公司总经理钱桂枫等领导一行。钱经理首先肯定了中铁一局集团在沪杭客专建设中取得的卓越成绩，接着发表了热情洋溢的新春祝愿。王峰告诉大家："能够建设沪杭客专，我们应该感到自豪和光荣。沪杭客专的历史将永远铭记中铁一局集团参战员工的丰功伟绩！"在热烈祥和的气氛中，身为中铁一局集团沪杭客专七标段项目经理的丈夫问大家："上个月我们取得了第三名的好成绩，我们这个月的目标是保二争一，大家有没有信心？""有！"洪亮而坚定的回答响彻大厅，回响在节日中的西子湖畔！

傍晚，天空飘起了雪花，可是阻挡不了中铁一局人庆贺节日的热情。当新年钟声敲响的时候，项目部门口燃起了璀璨夺目的烟花，大家像孩子一样在雪地上欢呼雀跃。在欢乐的笑声中，我们迎来了虎虎生威的新年！

2010年2月14日　星期日　雪

"春有百花秋有月，夏有凉风冬有雪。"多么美好的意境！尤其今年春节恰逢情人节，如果能与爱人漫步在白雪皑皑的西湖边，那该有多浪漫！可是还没等我说起这件事，就找不到他的人影了，一问才知，他又去了工地。

偌大的项目部驻地没剩几个人，我带着儿子出门踏雪，雪中的临平显得更加妩媚。中铁一局人的妻子无怨无悔地为丈夫奉献着自己的美好年华。

2010年2月15日　星期一　雪

凌晨1点，我默默地为他准备好棉衣，在雪地鞋里又加了一层鞋垫，目送他从温暖的房间走入风雪交加的夜晚。2点到4点沪昆线封锁，在这仅有的两个小时之内，他们要完成既有线上方的施工。他说："弟兄们在冰天雪地里战斗，我得去给他们鼓鼓劲儿。"

早晨6点，他裹着一身寒气回来了。看着又冷又困的丈夫，除了让人一阵怜惜，还怎么忍心向他提出陪我们出去转转的小小愿望呢？

2010年2月18日　星期四　晴

今天是大年初五，项目部组织探亲的家属去踏青。孩子们像飞出笼中的小鸟一样欢呼雀跃，叽叽喳喳。乘船游览在碧波荡漾的千岛湖上，女人们啧啧赞叹着湖水的清澈与温柔。

攀上千岛湖的最高峰——梅峰岛，整个水域尽收眼底。一座座小岛星罗棋布，像一朵朵美丽的梅花撒落在水面。导游告诉我们，千岛湖是一座人工湖，为了截流蓄水，2个县的20多万人举家外迁，才形成眼前的奇迹。

儿子问我："咱们现在也是举家在外，是不是也在创造奇迹？""是呀！你爸爸和叔叔们在最短的工期内，在最复杂的条件下建设最高水准的铁路，就是在创造奇迹！"

华灯初上时分，汽车驶回临平。导游指着我们头顶正在施工的桥面，告诉我们："这就是我们的工地，我们的亲人还在工作。"那一道道电焊的弧光，在夜色中闪闪烁烁，分明是最绚丽的彩灯，照耀着沪杭人民美好的明天！

原载《人民铁道》报2010年3月17日B2版，又见《铁路建设报》2010年3月17日第2746期；入选《大路情缘》，中国文史出版社出版，2010年

信念的伟力

李兴中

"历尽天华成此景,人间万事出艰辛。"

2010年10月26日9点,杭州火车站1号站台鲜花竞放,鼓乐齐鸣。

这一天对中国中铁一局沪杭高铁全体参建职工来说是一个非常有意义的日子,540个日日夜夜的鏖战终于等到了沪杭高铁的开通运营。

这一天对另一个人来说则更令其终生难忘,他也是中铁一局沪杭高铁参建职工中的一员。他还是铁道部火车头奖章获得者,他还是上海铁路局优秀项目经理,他还是中铁一局优秀管理者,他的事迹入选《人民铁道》报沪杭高铁建设人物风采录……

他更是同事眼中的好领导,他更是妻儿眼中的工作狂。他带领的团队先后被上海铁路局授予文化建设示范团队、"挑战极限,勇创一流"优秀管理团队等称号,被铁道部授予火车头奖杯……

他就是中国中铁一局沪杭高铁项目经理王力。

今天他又作为杭州分会场唯一邀请的施工单位代表参加了沪杭高铁通车典礼，光荣地登上主席台和浙江省领导一起为高铁开通剪彩。

事非经历不知难。当第一列高铁动车组驶出杭州站的那一瞬间，他想起在沪杭高铁施工中亲历的点点滴滴，是坚定的信念，是心血和汗水才换来了鲜花和掌声。他知道这无上的荣光属于全体参建职工，属于中国中铁一局！

信念厘清思路

2009年12月下旬的一天，王力受任中铁一局沪杭高铁项目经理，单位要求火速交接，飞抵沪杭。在他的记忆里，这次任命比以往哪次都匆忙，而且这次竟是中铁一局总经理和民锁、董事长孙永刚和党委书记张为和同时点的将。三位主要领导都希望他到任后尽快理出新的思路，在最短时间内扭转沪杭高铁建设的不利局面，在沪杭高铁全线树立起中铁一局能打硬仗的铁军风范。从那一天开始，企业的信誉和领导的信任，就成为他肩头沉甸甸的责任。

中铁一局承担了沪杭高铁七标19.865公里建设任务和全线2/3的正线铺轨、5个车站到发线及43组道岔铺设任务，合同总价23.69亿元，计划工期18个月。管段风险源异常之多，工期异常之紧，凸显出异乎寻常的紧迫性。沪杭高铁全线4大风险控制工程七标就占了 2 个，还不包括后来增加的笕桥联络线等。全线 140 处现浇梁、钢构梁，七标就有 40 处，占到全线连续梁总数的 30%；嵌岩桩约占七标桩基总数的 30%，也是全线唯一涉及嵌岩桩施工的标段；高墩占到全线高墩的一半，最高 32 米；有 100 多处地下网线需要迁改；等等。这最短和最难同时压下来，没有钢筋铁骨那是难以承受的。

一个个拦路虎接踵而来，困难远远超出了他的想象，真是千头万绪，真是千难万难！只有在泥泞的路上，才能留下坚实的脚印。王力从没有被困难吓倒过，尽管他知道一场空前的大会战在等待着他，这场会战将是史无前例的。为了摸清工程具体情况，王力到任后，把大量时间用在施工现场。他白天逐一实地查看管段内重点工程，夜晚和项目班子成员开会分析施工方案，研讨推进思路。刚上火线，他就排兵布阵，摆开了拼命三郎的架势。

这位参战过郑西客专，对高速铁路施工积累了丰富管理经验的干将，面对严峻的施工形势，敏锐地认识到中铁一局沪杭高铁七标是沪杭高铁顺利实现开通目标的关键，七标通则沪杭通。"如果我们标段拖了全线的后腿，那我们就将是一局的罪人。"作为项目经理，他不止一次用这句话警醒参建职工，所有施工计划都得提前，所有施工计划都必须提前，在这个原则问题上没有商量余地，不容许有丝毫的懈怠。

思路决定出路。王力知道当务之急不是盲目扩展工作面，一味求快，而是理顺头绪，找准问题的突破口，要知道如此庞大的工程，真是牵一发而动全身啊！为确保沪杭高铁如期实现开通运营，他临危不乱，凭借着深邃的洞察力和项目班子成员一起集思广益，结合施工生产实际，制订了："一条主线"，即以架梁为主线；"两个创新"，即一是工作思路创新，二是工作方法创新；"三个确保"，即一是确保安全质量始终处于受控状态，二是确保关键施工节点劳动力资源满足施工需求，三是确保节点工期按期实现；"一个全面铺开"，即全面铺开桥面系及无砟轨道施工的工作思路。同时，为了化整为零，将难点各个击破，他还从诸多重难点工程中难中选难，重新梳理了六处重难点工程，并着力将其打造为全线"亮点工程"。一是沪杭高铁全线最长现浇连续梁——跨翁梅互通立交连续梁（257.5米）；二是沪杭高铁全线唯一桥上车站——余杭站；三是跨杭州绕城悬灌连续梁，车流量大，平均每0.4秒有一辆车通过，安全防护要求极高；四是跨石大路上承拱式转体连续梁桥，主跨160米，在同类型桥梁中施工难度位居亚洲第一、世界第二；五是跨沪昆铁路悬灌连续梁，平均每天通过列车360趟，有线施工安全风险源密集；六是沪杭高铁进入杭州枢纽的神经中枢——笕桥联络线。

凡事预则立，不预则废。天下难事，必做于易；天下大事，必做于细。2010年2月6日，项目部自建点以来，在沪杭高铁1月份全线各施工单位激励约束考核中首次荣获第三名，跨入沪杭高铁全线先进施工单位的行列，彻底扭转了不利局面。3月8日，在中铁一局沪杭高铁项目部"百日会战暨三月生产会"上，中铁一局党委书记张为和激动地说："沪杭高铁各项工作，从总体上看取得了巨大的成绩，全体参建员工呈现出了良好的精神面貌和积极的工作态度。"

只有抓住主要矛盾，瞅准突破口，集中优势资源打歼灭战，才能好钢用在刀刃上。事实证明，这种预见和思路是完全正确的。作为中铁一局沪杭高铁的主帅，王力功不可没。

信念锻造团队

"一个篱笆三个桩，一个好汉三个帮""团队是取胜的保证"。说到沪杭团队建设，项目经理王力着实下了一番苦功夫，同时也取得了显著成效。

王力初到项目时，靠着他在郑西客专总结出的成功的团队建设经验，并结合沪杭项目实际，旗帜鲜明地指出，要把沪杭高铁在超短时间内打造成为世界高铁品牌，就必须有非常之人做非常之事，成非常之举。就必须要靠永不服输的"亮剑"精神，着力打造责任文化、执行力文化、荣辱文化、融入文化和唯美文化。只有上下一心，令行禁止，才能打造出精英团队，才能挖掘潜力，发挥合力，形成建功沪杭高铁的持续动力。

要锻造一支精英团队就必须先声夺人，营造浓郁的工作氛围。王力清醒地意识到，只有靠信念来凝聚人、靠制度来规范人、靠关爱来感化人，才能真正做到"人心齐，泰山移"。从他到任的那天起，为了统一职工思想，消除当时普遍存在的盲目乐观和被动畏难情绪，他积极倡导"三种转变"：由被动应付型向主动出击型转变，由外控型向自控型转变，由将就型向讲究型转变。

心态可以改变一个人的行为模式，而且这种改变是一种渐进的、潜移默化的过程。美国著名心灵导师威尔·鲍温说："当我们改变嘴里说出来的话，就会开始改变自己的人生。"要发挥团队的合力，首先要解决每位参建职工的思想问题。于是每周一清晨，项目部开碰头会前，全体参建职工齐声朗读沪杭团队理念成为每天的必修课，会议室里响起"只为成功找对策，不为失败找借口，为沪杭荣誉而战，为中铁一局尊严而战"的铮铮誓言。从施工一线到职工驻地宣传栏、餐厅，随处可见写有企业理念的宣传标牌。尤其是餐厅里悬挂着"四个警惕"，即警惕：对人不知感恩；对物不知珍惜；对事不知尽心；对己不知克制。用"警惕"营造和谐，大家置身其中，时刻反躬自省，不敢有些许的懈怠。这些理念灌输方式真可谓独具慧眼。

要锻造一支精英团队就必须尽职尽责，彰显坚定的责任意识。"对亲人的爱，就是管好自己不惹事；对企业的爱，就是尽职尽责不出错。"这简单而质朴的话语，正是王力打造中铁一局沪杭高铁团队责任感和执行力的出发点与落脚点。

作为建筑施工企业，最大的责任就是为社会创造安全工程、精品工程。安全质量出问题，一切工作等于零。王力受任沪杭高铁项目经理以来，工程的安全质量就成为他每天关心的头等大事。为了安全、优质、高效地完成施工任务，他理顺了项目部和分部的管理层级，倒排工期制订了日历性施工计划和"安全质量责任展开表"，将安全、质量和工期责任层层分解到人。他分别与各线下分部签订了"安全质量责任书"，严令执行《安全质量包保责任落实和全员奖惩办法》，工序流程卡制度和安全风险源日通报制度。针对节点工期完成情况严格落实奖惩制度，和项目部领导班子第一时间赶往现场表示祝贺，并兑现奖金，使制度切实发挥应有的激励作用和警示作用，体现了制订计划的客观性、超前性和考核兑现的严肃性。

"哪个工序出了问题，哪个工程节点无法确保，就找负责人！不管是谁，出了问题就得承担责任！"在安全质量问题上，王力向来惯用一副"铁面孔""铁手腕"和"铁心肠"严厉问责。不了解他的人，都觉得这位看似不拘小节，实则心细如发的项目经理有些不近人情，甚至让人不敢亲近。其实他对安全质量的每个细节都锱铢必较，每个环节都了然于胸。他说过，做任何事情只有"用心"才不必"费心"，安全质量如果出了岔子，他个人受处罚事小，企业的声誉遭受无法挽回的损失事大，跟他干的弟兄们也受到负面影响，千万马虎不得。

桥面系施工开始后，个别管理人员因为认识不到位，存在重"主体"、轻"附属"的错误倾向。在沪杭高铁桥面安装电缆槽施工中，工人们由于疏忽，在往桥面运送电缆槽时使电缆槽有不同程度的破损，现场操作工人直接用残损件安装。个别管理人员认为是附属工程，等加盖盖板后破损部分也不易被发现，就予以默认。王力检查中发现后，当即责令返工，严令禁止使用破损的电缆槽，并对相关管理人员从重进行了处罚。

这是一场挑战极限的竞技，拼的不仅仅是体力，更是信念、毅力和精神。笕桥联络线被称为项目部"天字号"工程，即有线施工安全风险源异常密集，是实现沪杭高铁开通目标的咽喉。王力说："笕桥联络线工程是在钢丝绳上翻跟头。"可真险啊！在笕桥联络线下部结构施工及28次拨接施工中，他现场盯控，这一做法他始终遵循，从未间断，不顾寒风刺骨！笕桥上、下行联络线焊连锁定施工中，他每天徒步往返检查。这一习惯他一直坚持，哪管酷暑难耐。在他的感召下，参建职工把笕桥联络线当成日夜鏖战的高地，争分夺秒，硬是啃下了这块硬骨头。

火车跑得快，全靠车头带。2010年腊月二十七，王力这位中铁一局沪杭高铁指挥员和项目部职工一起与46家外协工队代表座谈，为他们发放保勤奖，座谈会后把他们请上贵宾席。除夕之夜，他和项目部班子成员先后到各分部吃团圆饭，逐一给参建职工及家属敬酒，给小孩发红包，与大家共度除夕之夜。大年初三凌晨，他坚守施工现场，等参建职工在封锁点内对既有线接触网支柱硬横梁拆除完毕后才放心离开。真心换取真情，尽管南国的杭州雨雪飘飞，可一股股暖流从参建职工心底流淌到职工家属心底，一直涌动在中铁一局沪杭高铁的施工一线！他这位指挥员很喜欢31天这样的月份，并恨不得每月都是31天。这多出的一天在常人眼里就如清晨的露珠，可他知道，就是这多出的一天，一年积攒下来就多出5天，120个小时，7200分钟，他将带领他的团队多干多少工程，提前实现多少节点啊！他和他的团队在沪杭高铁建设的日日夜夜里，看不出节假日，分不出风雪雨夜，以超凡的意志品格践行着建功沪杭高铁的铮铮誓言！

信念铸就品牌

取乎其上，得乎其中。中铁一局人善于学习，更善于融入，尤其是在践行中铁一局"诚信创新，永争一流"企业精神和"精细高效，唯实唯美"企业作风的同时，全面融合上海铁路局"捍卫质量，保卫安全""抓源头、抓过程、抓细节、抓达标"等理念，提出了"竞技状态常态化，刘翔速度沪杭化，顽强拼搏忘我化，各项工作标准化"的中铁一局沪杭高铁行为理念。

一场战争，必须通过许多大大小小的战役来夺取最终胜利。如果把沪杭高铁建设比作是一场战争，那么这大大小小的战役就是高铁建设中的每一个工程节点。所不同的是一次普通战役的失利，不足以对整个战争局势构成威胁，可是沪杭高铁却是一场浓缩时空的战争，严丝合缝，环环相扣，任何一个工程节点无法确保，都可能影响高铁如期开通运营。所以，"首战即决战，一战定乾坤"，必须对每个工程节点敢于"亮剑"，才能万无一失。"操劳、辛劳、苦劳、疲劳，成功了就是功劳，失败了就是白劳""做就做到位，做不到位就等于没做；干就干最好，干不好就等于没干"。我们无法否认，作为项目经理，王力从宏观上分析问题的能力是惊人的，见解更是独到的！《铁路建设报》记者李林这样评价王力："他是位热衷中国传统文化，善于从哲学高度分析和解决问题的前线指挥员。"哲学是方法论，没有哲学的高度，就不可能有沪杭高铁的精度和速度。

桥面系无砟轨道施工，标准极高，施工难度极大。在轨道板 CA 砂浆灌注和精调过程中，为了使各项技术指标符合规范要求，经过研究，项目部决定在施工条件具备的一分部管段率先试点，并组织技术人员不断摸索，持续改进工艺。王力要求只有满足"首件许可"，才能"典型引路"。技术人员通过反复试验，终于掌握了关键工序的施工要领。4 月 6 日，项目经理部立即组织一、二、三分部召开 GRTS Ⅱ 型板式无砟轨道精调模拟试验现场会，在项目部全管段内推广经验。"团结就是力量"，王力和项目部全体管理人员一起上桥，午餐全部在桥上吃，一对一地现场指导、盯控。功夫不负有心人，项目部在沪杭高铁全线无砟轨道施工质量第一次平推检查中获得第一名。6 月 15 日，项目部管段 430 孔无砟轨道底座板施工全部完成，仅用一个月时间就完成了 4269 块 Ⅱ 型板 CA 砂浆灌注。

项目部承担沪杭高铁全线近 2/3 的铺轨任务，在铺轨施工最为紧张的时刻，王力坚守工地寸步不离，和参建职工一起克服铺轨基地狭小，场地受限，运输通道需要切割沪昆上、下行线路等诸多困难，仅用 22 天时间就安全优质地完成了正线 186 公里铺轨及钢轨焊连锁定任务。

沪杭高铁建设过程中，一个个令人振奋的消息让参建职工备感荣光！

3 月 31 日 6 点 10 分，随着中铁一局沪杭高铁七标正线到联络线二变四道岔连续梁顺利完成混凝土浇筑，中铁一局沪杭高铁管段内正线开通段连续梁全部浇注完成。

4 月 20 日，线下主体工程混凝土浇筑突破 100 万立方米，占混凝土总方量的 83%。

5 月 8 日下午，上海铁路局铁路建设质量观摩会和授牌仪式在余杭高铁站隆重举行，上海铁路局常务副局长王峰盛赞中铁一局为沪杭高铁建设立下了汗马功劳。

8 月 7 日 9 点 58 分，沪杭高铁跨石大路转体桥成功实现转体。根据转体数据显示，球铰施工精度比设计要求精度高出 4 倍。

余杭梁场被上海铁路局授予"标准化制梁场"称号。余杭高铁站被上海铁路局授予"标准化管理示范点"和"标准化示范站场"称号。跨杭州绕城高速连续梁、笕桥联络线先后被沪杭客专公司授予"标准化工地"称号……

这注定是一个艰辛备尝的行业，这也注定是一个英雄辈出的行业！

"成功的花儿，人们只惊羡她现时的明艳，然而当初她的芽儿，渗透了奋斗的泪泉，洒遍了牺牲的血雨。"工程每每遇到瓶颈，王力总会默念冰心这句著名的诗句。在他心里那一座座拔地而起的墩柱，一片片凌空飞架的箱梁，一道道风驰电掣的风景，这朵沪杭高铁的"花儿"，真让人兴奋啊！然而，作为施工单位的项目经理，父母妻儿他无暇照顾，亲人离世他无法送上最后一程……作为筑路人，他和沪杭高铁全体参建职工一样，在筑路过程中既体会着快乐，也纠葛着多少沉甸甸的亲情、爱情与友情，凝结着多少无奈与心酸，又有谁知道呢？笔者置身其中，有切身体验。

不经历风雨，怎能见彩虹。王力硬是凭着一股子不服输的韧劲，带领参建职工在沪杭高铁工期最紧、施工难度最大、安全风险源最为密集的七标，以"为沪杭荣誉而战，为中铁一局尊严而战"的坚定信念，把不可能变成了现实，为中铁一局这块金字招牌争了光、添了彩。这是不争的事实，这是客观的存在，也是历史的记载，这当中更蕴含着信念的伟力！

入选《浓缩时空的决战——中铁一局沪杭高铁建设纪实》

后　记

凡人悟道，大道至简。

首先，诚挚地感谢大家阅读我的这本自选随笔集《凡人悟道》。愚以为，所谓悟道，过程和结果同等重要。就比方蒸一锅馒头，过程必须把握好火候，分寸拿捏恰到好处，切忌贸然揭开锅盖。如果不下足功夫，揭早了或晚了，一锅好馒头就泡汤了。

又比如吃甘蔗，只有一口一口地咀嚼、咂摸，才能将滋味和营养品味吸收到极致！如直接饮用榨好的甘蔗汁，风味自然就打了折扣。

呈现在读者面前的这本小集子，同样经过了"蒸馒头"和"吃甘蔗"的过程。共收录我的各类随笔、随感等文章40余篇，具体分为生活感悟、工作感悟、格物感悟和书信言道等四个板块，涵盖了我生活、工作和学习的方方面面。同时，本书的附录中还收录了我的家人、同事、朋友撰写的相关文章，供读者参考。

"文章千古事，得失寸心知。"这里需要重点说明的是，这本集子里的文章虽是随感，却写得并不随意，力求"讲究"，绝不"将就"，每篇文章力求达到"见人见事，有血有肉"的思维品质和"风行水上，自然成文"的语言风格。这既是我一直以来做人做事做文的原则，也是我心路历程的忠实记录和文字表达。

这里需要特别感谢的是，为本书作序的中国画学会副会长、陕西省文联副主席、陕西省美术家协会名誉主席王西京先生和陕西省决策咨询委员会副主任、中国作家协会会员、中国戏剧家协会会员、第五届陕西省作家协会副主席白阿莹（笔名阿莹）先生。王西京先生是我所在单位中铁一局的荣誉职工，白阿莹先生是我的老领导，一直以来他们在多方面给予我兄长般的关怀与帮助。在此向他们深深致意，紧紧握手！王西京先生在《读懂王力》一文中"生性率真""不忘根本""恪尊孝道"的评价和白阿莹先生"在生活中发现哲理""在生活中感悟哲理""始终以善良之心对待事物"的点赞，既是对我的充分肯定，更是殷殷勉励，我将永志不忘！并以此为契机，且行且珍惜！

这里需要指出的是，正因为我对中铁一局的一往情深、心心念念，我对铁路建设事业初心不改、矢志不渝，我始终践行"对亲人的爱，就是管好自己不惹事；对企业的爱，就是尽职尽责不出错""只为成功找对策，不为失败找借口"，以37年从业经历和实际行动见证了属于企业和自己共同的荣光！遇见都是缘分，留存皆为美好，过往难以忘怀。我永远不会忘记在自己人生道路上帮过自己的贵人和真诚相待、肝胆相照的同路人！

　　本书之所以能够顺利付梓，要特别感谢中铁一局原党委书记、董事长马海民同志。他安排编印了关于我工作历程的册子《见证初心——赤子之心谱华章》，这本册子的最后一个部分《凡人悟道——一悟一境界》中的文章就是本书的缘起，令我感动不已。同时要感谢中铁一局工会的武宁和李兴中两位同志。武宁同志非常关心本书的出版，编辑过程中常常过问、时时激励，并提出了很多宝贵的意见和建议，坚定了我的信心和决心。李兴中同志一直称我为老师，我也视他为忘年之交，毕竟他当年刚参加工作时，我就是他所在项目部的经理，一晃快20年了。我们一起吹过郑西高铁的风，一起经过沪杭高铁的雨，一起体验工程人的酸甜苦辣，并一起回味作为职工"娘家人"的幸福与荣光，在职业生涯中彼此结下了深厚的情谊。这本书里的很多篇章他都是第一读者，并且从2006年开始，他将我发表过的随感文章一一收集整理。正是由于他的有心、用心，才有了十多年所写的文章结集成书的机会。同时，还要感谢西北大学出版社的张静老师，她为本书的出版倾注了大量心血，从总体结构到具体篇章，心细如发，字斟句酌，并力求完美。感谢《铁路建设报》王冬生同志和《陕西工人报》林萍同志，还有其他关心和帮助过我的领导、同事、朋友和家人，一并在此致谢。祝愿大家在各自的人生阶段都能岁月静好，如愿以偿！

　　以上这些心里话，是在本书的结尾应向读者予以说明的，是为后记！

王力

2024 年 3 月 13 日于西安